香港文學大系

新詩卷

陳智德 主編

商務印書館

《香港文學大系一九一九——一九四九》編輯委員會已盡力查究相片刊載權的資料。如有遺漏之處，請版權持有人與本編委會聯絡。

香港文學大系一九一九——一九四九・新詩卷

主　　編：陳智德
責任編輯：洪子平
封面設計：張　毅
出　　版：商務印書館（香港）有限公司
香港筲箕灣耀興道 3 號東滙廣場 8 樓
http://www.commercialpress.com.hk
發　　行：香港聯合書刊物流有限公司
香港新界大埔汀麗路 36 號中華商務印刷大廈 3 字樓
印　　刷：中華商務彩色印刷有限公司
香港新界大埔汀麗路 36 號中華商務印刷大廈
版　　次：2014 年 7 月第 1 版第 1 次印刷

ISBN 978 962 07 4495 2

《香港文學大系一九一九——一九四九》人員名單

編輯委員會

總主編　陳國球
副總主編　陳智德
編輯委員　危令敦　陳國球　陳智德　黃子平　黃仲鳴　樊善標（按姓氏筆畫序）

顧問

王德威　李歐梵　許子東　陳平原　黃子平（按姓氏筆畫序）

各卷主編

1　新詩卷　陳智德
2　散文卷一　樊善標
3　散文卷二　危令敦
4　小説卷一　謝曉虹
5　小説卷二　黃念欣
6　戲劇卷　盧偉力
7　評論卷一　陳國球
8　評論卷二　林曼叔
9　舊體文學卷　程中山
10　通俗文學卷　黃仲鳴
11　兒童文學卷　霍玉英
12　文學史料卷　陳智德

總序

陳國球

香港文學未有一本從本地觀點與角度撰寫的文學史，是說膩了的老話，也是一個事實。早期出現多種境外出版的香港文學史，疏誤實在太多，香港學界乃有先整理組織有關香港文學的資料，然後再為香港文學修史的想法。由於上世紀三〇年代面世的《中國新文學大系》被認為是後來「新文學史」書寫的重要依據，於是主張編纂香港文學大系的聲音，從一九八〇年代開始不絕於耳。[1] 這個構想在差不多三十年後，首度落實為十二卷的《香港文學大系一九一九—一九四九》。際此，有關「文學大系」如何牽動「文學史」的意義，值得我們回顧省思。

一、「文學大系」作為文體類型

在中國，以「大系」之名作書題，最早可能就是一九三五至三六年出版，由趙家璧主編，蔡元培總序，胡適、魯迅、茅盾、朱自清、周作人、郁達夫等任各集編輯的《中國新文學大系》。「大系」這個書業用語源自日本，指有系統地把特定領域之相關文獻匯聚成編以為概覽的出版物：「大」指此一出版物之規模；「系」指其間的組織聯繫。[2] 趙家璧在《中國新文學大系》出版五十年後的回憶文章，就提到他以「大系」為題是師法日本；他以為這兩字：

既表示選稿範圍、出版規模、動員人力之「大」，而整套書的內容規劃，又是一個有「系統」的整體，是按一個具體的編輯意圖有意識地進行組稿而完成的，與一般把許多單行本雜湊在一起的叢書文庫等有顯著的區別。[3]

《中國新文學大系》出版以後，在不同時空的華文疆域都有類似的製作，並依循着近似的結構方式組織各種文學創作、評論以至相關史料等文本，漸漸被體認為一種具有國家或地區文學史意義的文體類型。[4] 資料顯示，在中國內地出版的繼作有：

- 《中國新文學大系一九二七—一九三七》（上海：上海文藝出版社，一九八四—一九八九）；
- 《中國新文學大系一九三七—一九四九》（上海：上海文藝出版社，一九九〇）；
- 《中國新文學大系一九四九—一九七六》（上海：上海文藝出版社，一九九七）；
- 《中國新文學大系一九七六—二〇〇〇》（上海：上海文藝出版社，二〇〇九）。

另外也有在香港出版的：

- 《中國新文學大系續編一九二八—一九三八》（香港：香港文學研究社，一九六八）。

在臺灣則有：

- 《中國現代文學大系》（一九五〇—一九七〇）（台北：巨人出版社，一九七二）；
- 《當代中國新文學大系》（一九四九—一九七九）（台北：天視出版事業有限公司，一九七九—一九八一）；

➢《中華現代文學大系——臺灣一九七〇—一九八九》（台北：九歌出版社，一九八九）；
➢《中華現代文學大系（貳）——臺灣一九八九—二〇〇三》（台北：九歌出版社，二〇〇三）。

在新加坡和馬來西亞地區有：

➢《馬華新文學大系》（一九一九—一九四二）（新加坡：世界書局／香港：世界出版社，一九七〇—一九七二）；
➢《馬華新文學大系（戰後）》（一九四五—一九七六）（新加坡：世界書局，一九七九—一九八三）；
➢《新馬華文文學大系》（一九四五—一九六五）（新加坡：教育出版社，一九七一）；
➢《馬華文學大系》（一九六五—一九九六）（新山：彩虹出版有限公司，二〇〇四）。

內地還陸續支持出版過：

➢《戰後新馬文學大系》（一九四五—一九七六）（北京：華藝出版社，一九九九）；
➢《新加坡當代華文文學大系》（北京：中國華僑出版公司，一九九一—二〇〇一）；
➢《東南亞華文文學大系》（廈門：鷺江出版社，一九九五）；
➢《臺港澳暨海外華文文學大系》（北京：中國友誼出版公司，一九九三）等。

其他以「大系」名目出版的各種主題的文學叢書，形形色色還有許多，當中編輯宗旨及結構模式不少已經偏離《中國新文學大系》的傳統，於此不必細論。

1　「文學大系」的原型

由於趙家璧主編的《中國新文學大系》正是「文學大系」編纂方式的原型，其構思如何自無而有，如何具體成形，以至其文化功能如何發揮，都值得我們追跡尋索，思考這類型的文化工程的意義。在時機上，我們今天進行追索比較有利，因為主要當事人趙家璧，在一九八〇年代陸續發表回顧編輯生涯的文章，尤其文長萬字的〈話説《中國新文學大系》〉，除了個人回憶，還多方徵引紀錄文獻和相關人物的記述，對《新文學大系》由編纂到出版的過程有相當清晰的敘述。[5] 後來不少研究者如劉禾、徐鵬緒及李廣等，討論《中國新文學大系》的編輯過程時，幾乎都不出《編輯憶舊》一書所載。[6] 在此我們不必再費詞重複，而只揭其重點。

首先我們注意到作為良友圖書公司一個年輕編輯，趙家璧有編「成套文學書」的事業理想；同時，身為商業機構的僱員，他當然要照顧出版社的成本效益、當時的版權法例，以至政治審查等種種限制。[7] 從政治及文化傾向而言，趙家璧比較支持左翼思想，對國民政府正在推行的「新生活運動」，以至提倡尊孔讀經、重印古書等，不以為然。因此，他想要編集「五四」以來的文學作品成叢書的想法，可説是在運動落潮以後，重新召喚歷史記憶及其反抗精神的嘗試。[8]

在趙家璧構思計劃的初始階段，有兩本書直接起了啟迪作用：阿英（錢杏邨）介紹給他的劉半農編《初期白話詩稿》，以及阿英以筆名「張若英」寫的《中國新文學運動史》。前者成了趙家璧「理想中的那本『五四』以來詩集的雛形」，後者引發他思考：「如果沒有『五四』新文學運動的理論建設，怎麼可能產生如此豐富的各類文學作品呢？」由是，趙家璧心中要鋪陳展現的不僅止是歷史上出現過的文學現象，他更要揭示其間的原因和結果；原來僅限作品採集的「『五四』以來文學名著百種」的想法，變成「請人編選各集，在集後附錄相關史料」的比較立體的構想，再進而落實為「一套包括理論、作品、史料」的「新文學大系」。《史料集》一卷的作用主要是為選入的作品佈置歷史定位的座標，提供敘事的語境；而「理論」部分，因為鄭振鐸的建議，擴充為《建設理論集》和《文學論爭集》。這兩集被列作《大系》的第一、二集，引領讀者走進一個文學史敘事體的閱讀框架：新文學好比這個敘事體中的英雄，其誕生、成長，以至抗衡、挑戰，甚而擊潰其他文學「惡」勢力（包括「舊體文學」、「鴛鴦蝴蝶文學」等）的故事輪廓就被勾勒出來。其餘各集的長篇〈導言〉，從不同角度作出點染着色，讓置身這個「歷史圖象」的各體文學作品，成為充實「寫真」的具體細部。

《中國新文學大系》的主體當然是其中的《小說集》、《散文集》、《新詩集》和《戲劇集》等七卷。劉禾對《大系》作了一個非常矚目的判斷；她認定它「是一個自我殖民的規劃」（“self-colonizing project”），證據之一是《大系》按照「小說、詩歌、戲劇、散文」的文類形式四分法（“four-way division of generic forms”）組織「所有文學作品」，而這四種文類形式是英語的“fiction”，“poetry”，“drama”，“familiar prose”的對應翻譯，《大系》把這種西方文學形式的「『翻譯』的基準」（“‘translated’ norms”）典律化，使自梁啟超以來顛覆古典文學之經典地位的想法得成具體（crystallized）；所謂「自我殖民化」的意思是，趙家璧的《中國新文學大系》視西方為「中國文學」意義最終解釋的根據地。[9] 衡之於當時的歷史狀況，劉禾這個論斷應該是一種非常過度的詮釋。首先西方的文學論述傳統似乎沒有以「小說、詩歌、戲劇、散文」的四分法來統領「所有文學作品」。[10] 而現代中國的「文學概論」式的文類四分法可說是一種揉合中西文學觀的混雜體；其構成基礎還是中國傳統的「詩文」分類，再加上受西方文學傳統影響而致「文學位階」得以提升的「小說」與「戲劇」，統合成文學的四種類型。這四種文體類型的傳播已久；翻查《民國時期總書目》，我們可以看到以這些文類概念作為編選範圍的現代文學選本，在《大系》出版以前或約略同時，就有不少，例如《新詩集》（一九二〇）、《現代中國詩歌選》（一九三三）、《當代小說讀本》（一九三二）、《短篇小說選》（一九三四）、《近代戲劇集》（一九三〇）、《現代中國戲劇選》（一九三三）等等。[11] 趙家璧的回憶文章提到，他當時考慮過的「文類」是：「長篇小說」、「短篇小說」、「散文」、「詩」、「戲劇」、「理論文章」，[12] 而不是四分文類的定型思考。因此，這種文類觀念的通行，不應該由趙家璧或《中國新文學大系》負責。事實上後來出現的「文學大系」亦沒有被趙家璧的先例所限囿，例如：《中國新文學大系一九二七—一九三七》增加了「報告文學」和「電影」；《中國新文學大系一九三七—一九四九》的小說類再細分「短篇」、「中篇」和「長篇」，又另闢「雜文」集；《中國新文學大系一九七六—二〇〇〇》的小說類除長、中、短篇以外，增設「微型」一項，又調整和增補了「紀實文學」、「兒童文學」、「影視文學」。可見「四分法」未能賅括所有中國現代文學的文類。

劉禾指《中國新文學大系》「自我殖民」——完全依照西方標準（而不是中國傳統文學的典範）來斷定「文學」的內涵——更是一種「污名化」的詮釋。如果採用同樣欠缺同情關懷的批判方式，我們也可以指摘那些拒絕參照西方知識架構的文化人為「自甘被舊傳統宰制的原教主義信徒」。無論是那一種方向的「污名化」，都不值得鼓勵，尤其在已有一定歷史距離的今天作學術討論時。近代以來中國知識份子面對西潮無所不至的衝擊，其間危機感帶來的焦慮與徬徨，實在是前古所未有。正如朱自清說當時學術界的趨勢，「往往以西方觀念為範圍去選擇中國的問題，姑無論將來是好是壞，這已經是不可避免的事實」；[13]在這個關頭，有責任感的知識份子都在思考中國文化「如何應變」、「自何自處」的問題。無論他們採用哪一種內向或者外向的調適策略，都有其歷史意義，需要我們同情地了解。

胡適、朱自清，以至茅盾、鄭振鐸、魯迅、周作人，或者鄭伯奇、阿英，這些《中國新文學大系》各卷的編者，各懷信仰，尤其對於中國未來的設想，取徑更千差萬別；但在進行編選工作時，其相同的思路還是明顯的——就是為歷史作證。從各集的〈導言〉可見，其關懷的歷史時段長短不一；有只駐目於關鍵的「新文學運動第一個十年」，如鄭振鐸的《文學論爭集・導言》，或者朱自清的《詩集・導言》；也有由今及古、上溯文體淵源，再探中西同異者，如郁達夫的《散文二集・導言》。[14]當然，其中歷史視野最為宏闊的是時任中央研究院院長的蔡元培所寫的〈總序〉。〈總序〉以「歐洲近代文化，都從復興時代演出」開篇，將「新文學運動」比附為歐洲的「文藝復興」運動；此時中國以白話取代文言為文學的工具，好比「復興時代」歐洲各民族以方言而非拉丁文創作文學。蔡元培在文章結束時說，「歐洲的復興」歷三百年，「我國的復興，自五四運動以來不過十五年」：

> 新文學的成績，當然不敢自詡為成熟。其影響於科學精神民治思想及表現個性的藝術，均尚在進行中。但是吾國歷史，現代環境，督促吾人，不得不有奔軼絕塵的猛進。吾人自期，至少應以十年的工作抵歐洲各國的百年。所以對於第一個十年先作一總審查，使吾人有以鑑既往而策將來，希望第二個十年與第三個十年時，有中國的拉飛爾與中國的莎士比亞等應運而生呵！[15]

我們知道自晚清到民國，歐洲歷史上的"Renaissance"是一個重要的象徵符號，是許多文化人的迷思；然而這個符號在中國的喻指卻是多變的。有比較重視歐洲在中世紀以後追慕希臘羅馬古典著述之「古學復興」的意義，認為偏重經籍整理的清代學術與之相似；也有注意到十字軍東征為歐洲帶來外地文化的影響，謂清中葉以後西學傳入開展了中國的「文藝復興」；又有從歐洲「文藝復興」時期出現以民族語言創作文學而產生輝煌的作品着眼，這就是自一九一七年開始的「文學革命」的宣傳重點。[16] 蔡元培的〈總論〉也是這種論述的呼應，但結合了他對中西文化發展的觀察，使得「新文學」與「尚在進行中」的「科學精神」、「民治思想」及「表現個性的藝術」等變革相互關聯，從而為閱讀《大系》中各個獨立文本的讀者提供了詮釋其間文化政治的指南針。[17]

《中國新文學大系》的結構模型——賦予文化史意義的「總序」、從理論與思潮搭建的框架、主要文類的文本選樣，經緯交織的導言，加上史料索引作為鋪墊——算不上緊密，但能互相扣連，又留有一定的詮釋空間，反而有可能勝過表面上更周密，純粹以敘述手段完成的傳統文學史書寫，更能彰顯歷史意義的深度。

2「新文學大系」的繼承

《中國新文學大系》面世以後，贏得許多的稱譽；[18] 正如蔡元培和茅盾等的期待，趙家璧確有意續編第二、第三輯。[19] 一九四五年抗戰接近尾聲時，趙家璧在重慶就開始着手組織「抗戰八年文學」的第三輯編輯工作，並邀約了梅林、老舍、李廣田、茅盾、郭沫若、葉紹鈞等編選各集。[20] 但時局變幻，這個計劃並未能按預想實行。一九四九年以後，政治氣氛也不容許趙家璧進行續編的工作；即使已出版的第一輯《中國新文學大系》，亦不再流通。

直至一九六二年及一九七二年香港文學研究社先後兩次重印《中國新文學大系》；[21] 香港文學研究社還在一九六八年出版了《中國新文學大系·續編》。這個《續編》同樣有十集，取消了《建設理論集》，補上新增的《電影集》。至於編輯概況，《續編·出版前言》故作神秘，說各集主編名字不適宜刊出，但都是「國內外知名人物」，「分在三地東京、星加坡、香港進行」編輯，以四年時間完成。事實上《續編》出版時間正逢大陸文化大革命如火如荼，文化人備受迫害；各種不幸的消息，相繼傳到香港，故此出版社多加掩蔽，是情有可原的。據現存的資訊顯示，編輯的主要工作由在大陸的常君實和香港文學研究社的譚秀牧擔當；[22] 然而兩人之間並無直接聯繫，無法互相照應。另一方面，二人各因所處環境和視野的局限，所能採集的資料難以全面；在大陸政治運動頻仍，顧忌甚多；在香港則材料散落，張羅不易；再加上出版過程並不順利，即使在香港的譚秀牧亦不能親睹全書出版。[23] 這樣得出來的成績，很難說得上完美。不過，我們要評價這個「文學大系」傳統的第一任繼承者，應該要考慮當時的各種限制。無論如何，在香港出版，其實頗能說明香港的文化空間的意義，其承載中華文化的方式與成效亦頗值得玩味。[24]

《中國新文學大系》的「正統」繼承，要等到中國的文化大革命正式落幕。從一九八〇年到一九八二年，上海文藝出版社徵得趙家璧同意，影印出版十集《中國新文學大系》，同時組織出版《中國新文學大系一九二七—一九三七》二十冊作為第二輯，由社長兼總編輯丁景唐主持，趙家璧作顧問，一九八四年至一九八九年陸續面世；隨後，趙家璧與丁景唐同任顧問的第三輯《中國新文學大系一九三七—一九四九》二十冊於一九九〇年出版，第四輯《中國新文學大系一九四九—一九七六》二十冊於一九九七年出版。二〇〇九年由王蒙、王元化總主編第五輯《中國新文學大系一九七六—二〇〇〇》三十冊，繼續由上海文藝出版社出版；二十世紀以前的「新文學」，好像都有了「大系」作為相照的汗青。這「第二輯」到「第五輯」的說法，顯然是繼承、延續之意。然而第一輯到第二輯之間，其政治實況是中國經歷從民國到共和國的政權轉換，在大陸地區社會文化曾經發生翻天覆地的劇變。「嫡傳」、「正宗」的想像，其實需要刻意忽略這些政治社會的裂縫。當然趙家璧的認可，被邀請作顧問，讓這個「嫡傳」的合法性增加一種言說上的力量。不過，這後四輯對其他「大系」卻未必有明顯的垂範作用；起碼從面世時間先後來說，比起海外各大系之承接「新文學」薪火，反而是後發的競逐者。

在這個看來「嫡傳」的譜系中，因為時移世易，各輯已有相當的變異或者發展。在內容選材上，最明顯的是文體類型的增補，可見文類觀念會因應時代需要而不斷調整；這一點上文已有交代。另一個顯而易見的形式變化是：第二、三、四輯都沒有總序，只有〈出版說明〉。《大系》原型的第一輯每集都有〈導言〉，即使是同一文類的分集，如「小說」三集分別有茅盾、魯迅、鄭伯奇的論述；「散文」兩集又有周作人和郁達夫兩種觀點。其優勢正在於論述交錯間的矛盾與縫隙，可以生發更繁富的意義。第二、三輯開始，同一文類只冠以一位名家序言，論述角度當然有統整齊一之效。再看第二、三兩輯的〈說明〉基本修辭都一樣，聲明編纂工作「以馬克思列寧主義，毛澤東思想為指針，堅持從新文學運動的實際出發」，前者以「反帝反封建的作品佔主導地位」，後者的主導則是「革命的、進步的作品」；毫不含糊地為文學史的政治敘事設定格局；這當然是第一輯以「新文學」為敘事英雄的激昂發展；第二、三輯的理論集序文，大概有着指標的作用，據此可以推想：第二輯的主角是「左翼文藝運動」，第三輯是「文藝為政治（戰爭）服務」。

第四輯〈出版說明〉的文字格式與前兩輯不同，逗漏了又一種訊息。這一輯出版於一九九七年，形勢上無論出於外發還是內需，有必要營構一個廣納四方的空間：「對那些曾經遭受過錯誤批判和不公正對待，或者在『文革』中雖未能正式發表、出版，但在社會上廣泛流傳產生過較大影響的作品，都一視同仁地加以遴選」；「這一時期發表的臺灣、香港、澳門作家的新文學作品，一並列選。」於是少不了臺灣余光中的一縷鄉愁、瘂弦掛起的紅玉米；異品如馬朗寄居在香港的焚琴浪子，也得到收容。第五輯〈出版說明〉繼續保留「這一時期發表的臺灣、香港、澳門作家的新文學作品，一並列選」的句子，其為政治姿態，眾人皆見；尤其各卷編者似乎有很大的自由度決定他們對臺港澳的關切與否。因此我們實在不必介懷其所選所取是否「合理」、是否「得體」。

只不過若要衡度政治意義，則美國華裔學者夏志清、李歐梵和王德威之先後入選四、五兩輯，或者有需要為讀者釋疑，可惜兩輯的編者都未有任何說明。

第五輯回復有〈總序〉的傳統，共有兩篇。其中〈總序二〉是王元化生前在編輯會議上的發言；因此王蒙撰寫的一篇才是正式的〈總序〉。這一篇意在綜覽全局的序文，可與王蒙在第四輯寫的《小說卷・序》合觀；兩篇分別寫於一九九六年及二〇〇九年的文章，都表示要以正面、積極的態度去面對過去。王蒙在第四輯努力地討論「記憶」的意義，說「記憶實質是人類的一切思想情感文化文明的基礎和根源」，其目的是找到「歷史」與「現實」的通感類應。在第五輯〈總序〉王蒙則標舉「時間」；說時間是「慈母」，「偏愛已經被認真閱讀過並且仍然值得重讀或新讀的許多作品」；又說時間如「法官」：「無情地惦量着昨天」：

> 時間法官同樣有差池，但是更長的時間的回旋與淘洗常常能自行糾正自己的過失，時間的因素同樣能製造假象，但是更長的時間的反復與不舍晝夜的思量，定能使文學自行顯露真容。

《中國新文學大系》發展到第五輯，其類型演化所創造出來的方向、習套和格式已經相當明晰。不過，我們還有一系列「教外別傳」的範例可以參看。

3 「文學大系」的「教外別傳」

我們知道臺灣在一九七二年就有《中國現代文學大系》的編纂，由巨人出版社組織編輯委員會，余光中撰寫〈總序〉，編選一九五〇年到一九七〇年的小說、散文、詩三種文類作品，合成八輯。另外司徒衛等在一九七九年至一九八一年編輯出版《當代中國新文學大系》十集，沿用《中國新文學大系》原型的體例，唯一變化是《建設理論集》改為《文學論評集》，而取材以一九四九年到一九七九年在臺灣發表之新文學作品為限。兩輯都明顯要繼承趙家璧主編《大系》的傳統，但又要作出某種區隔。司徒衛等編委以「當代」標明其時間以國民政府遷臺為起點，與止於一九二七年的趙編《大系》並非線性相連。余光中等的《大系》則以「現代文學」之名與「新文學」區辨。他撰寫的〈總序〉非常刻意的辨析臺灣新開展的「現代文學」與「五四早期新文學」之不同。相對來說，余光中比司徒衛更長於從文學發展的角度作分析；司徒衛的論調卻多有迎合官方意志之嫌。然而我們不能說《當代中國新文學大系》水準有所不如；事實上這個《當代大系》各集的編者大都具有文學史的眼光，取捨之間，極見功力；各集都有導言，觀點又起縱橫交錯的作用。其中瘂弦主編的《詩集》視野更及於臺灣以外的華文世界——從體例上可能與全書不合，但從概念上卻是當時的「中國」概念的一種詮釋；香港不少詩人如西西、蔡炎培、淮遠、羈魂、黃國彬的作品都被選入。余光中等編《現代文學大系》的選取範圍基本上只在臺灣，只是朱西甯在「小說輯」中收錄了張愛玲兩篇小說，另外（張）曉風編的「散文輯」又有思果三篇作品，但都沒有解釋說明；張愛玲是否「臺灣作家」是後來臺灣文學史一個爭論熱點；這些討論可以從此出發。論規模和完整格局，《當代中國新文學大系》實在比《中國現代文學大系》優勝，但後者的編輯團隊——余光中、朱西甯、洛夫、曉風——也是有份量的本色行家，所撰各體序文都能照應文體通變，又關聯到當時臺灣的文學生態。其中朱西甯序小說篇末，詳細交代《大系》的體例，其中一個論點很值得注意：

> 我們避免把「大系」作為「文選」，只圖個體的獨立表現，精選少數卓越的小說家作品中的菁華，而忽略了整體的發展意義。這可以用一句話來說，我們所選輯的是可成氣候的作品。如此「大系」也便含有了「索引」的作用，供後世據此而獲致從事某一小說家的專門研究資料蒐集的線索。[25]

朱西甯這個論點不必是《中國現代文學大系》各主編的共同認識，[26]但卻為「文學大系」的文類功能作出一個很有意義的詮釋。

「文學大系」的文類傳統在臺灣發展，余光中最有貢獻。在巨人出版社的《中國現代文學大系》以後，他繼續主持了兩次「大系」的編纂工作：由九歌出版社先後於一九八九年出版《中華現代文學大系——臺灣一九七〇—一九八九》，二〇〇三年出版《中華現代文學大系（貳）——臺灣一九八九—二〇〇三》。兩輯都增加了《戲劇卷》和《評論卷》；前者涵蓋二十年，共十五冊；後者十五年，十二冊。余光中也撰寫了各版《現代文學大系》的〈總序〉。在臺灣思考文學史或者文學傳統，難免要連繫到「中國」這個概念。在巨人版《大系・總序》，余光中的重點是把一九四九年以後臺灣的「現代文學」與「五四」時期的「新文學」相提並論，也講到臺灣文學「與昨日脱節」——對三、四十年代作家作品的陌生——帶來的影響：向更古老的中國古典傳統和西方學習。他又解釋以「大系」為名的意義：「除了精選各家的佳作之外，更企圖從而展示歷史的發展，和文風的演變，為二十年來的文學創作留下一筆頗為可觀的產業。」他更曲終奏雅，在〈總序〉的結尾説：

> 我尤其要提醒研究或翻譯中國現代文學的所有外國人：如果在泛政治主義的煙霧中，他們有意或無意地竟繞過了這部大系而去二十年來的大陸尋找文學，那真是避重就輕，一偏到底了。[27]

這是向「國際人士」呼籲，也可以作為「中國」二字放在書題的解釋：真正的「中國文學」在臺灣，而不在大陸；這是文學上的「正統」之爭。但從另一個角度來看，對臺灣許多知識份子而言，「中國」這個符號的意義，已經慢慢從政治信念變成文化想像，甚或虛擬幻設；我們知道，中華民國於一九七一年退出聯合國，一九七二年美國總統尼克遜訪問北京。在司徒衛等編成《當代中國新文學大系》之前不久，一九七八年十二月美國與中華民國斷絕外交關係。

所以，九歌版的兩輯「大系」，改題《中華現代文學大系》，並加註「臺灣」二字，是國際政治形勢使然。「中華」是民族文化身份的標誌，其指向就是「文化中國」的概念；「臺灣」則是具體的地理空間。余光中在《臺灣一九七〇——一九八九》的總序探討《中國現代文學大系》到《中華現代文學大系》前後四十年的變化，注意到一九八七年解除「戒嚴令」後兩岸交流帶來的文化衝擊，從而思考「臺灣文學」應如何定位的問題。「中國的文學史」與「中華民族的滾滾長流」，是當時余光中和他的同道企盼能找到答案的地方。到了《中華現代文學大系（貳）》，余光中卻有另一角度的思考，他說：

臺灣文學之多元多姿，成為中文世界的巍巍重鎮，端在其不讓土壤，不擇細流，有容乃大。如果把……非土生土長的作家與作品一概除去，留下的恐怕無此壯觀。[28]

他還是注意到臺灣文學在「中文世界」的地位，不過協商的對象，不再是外國研究者和翻譯家，而是島內另一種文學取向的評論家。

究之，余光中的終極關懷顯然就是「文學史」或者「歷史上的文學」。在他主持的三輯「文學大系」中，他試圖揭出與文學相關的「時間」與「變遷」，顯示文學如何「應對」與「抗衡」。「時間」是「文學大系」傳統的一個永恒母題。王蒙請「時間」來衡量他和編輯團隊（第五輯《中國新文學大系》）的成績：

我們深情地捧出了這三十卷近兩千萬言的《中國新文學大系》第五輯，請讀者明察，請時間的大河、請文學史考驗我們的編選。[29]

余光中在《中華現代文學大系（貳）．總序》結束時說：

至於對選入的這兩百多位作家，這部世紀末的大系是否真成了永恆之門、不朽之階，則猶待歲月之考驗。新大系的十五位編輯和我，樂於將這些作品送到各位讀者的面前，並獻給漫漫的廿一世紀。原則上，這些作品恐怕都只能算是「備取」，至於未來，究竟其中的哪些能終於「正取」，就只有取決定悠悠的時光了。[30]

4「文學大系」的基本特徵

以上看過兩個系列的「文學大系」，大抵可以歸納出這種編纂傳統的一些基本特徵：

一、「文學大系」是對一個範圍的文學（一個時段、一個國家／地區）作系統的整理，以多冊的、「成套的」文本形式面世；

二、這多冊成套的文學書，要能自成結構；結構的方式和目的在於立體地呈現其指涉的文學史；「立體」的意義在於超越敘事體的文學史書寫和示例式的選本的局限和片面；

三、「時間」與「記憶」、「現實」與「歷史」是否能相互作用，是「文學大系」的關鍵績效指標；

四、「國家文學」或者「地區文學」的「劃界」與「越界」，恆常是「文學大系」的挑戰。

二、「香港的」文學大系：《香港文學大系一九一九—一九四九》

1 「香港」是甚麼？誰是「香港人」？

葉靈鳳，一位因為戰禍而南下香港然後長居於此的文人，告訴我們：

> 香港本是新安縣屬的一個小海島，這座小島一向沒有名稱，至少是沒有一個固定的總名……。這一直到英國人向清朝官廳要求租借海中小島一座作為修船曬貨之用，並指名最好將「香港」島借給他們，這才在中國的輿圖上出現了「香港」二字。[31]

「命名」是事物認知的必經過程。事物可能早就存在於世，但未經「命名」，其存在意義是無法掌握的。正如「香港」，如果指南中國邊陲的一個海島，據史書大概在秦帝國設置南海郡時，就收在版圖之內。但在統治者眼中，帝國幅員遼闊，根本不需要一一計較領土內眾多無名的角落。用葉靈鳳的講法，香港島的命名因英國人的索求而得入清政府之耳目；[32]而「香港」涵蓋的範圍隨着清廷和英帝國的戰和關係而擴闊，再經歷民國和共和國的默認或不願確認，變成如今天香港政府公開發佈的描述：

> 香港是一個充滿活力的城市，也是通向中國內地的主要門户城市。……香港是中華人民共和國成立的特別行政區。香港自一八四二年開始由英國統治，至一九九七年，中國政府按照「一國兩制」的原則對香港恢復行使主權。根據《基本法》規定，香港目前的政治制度將會

> 維持五十年不變，以公正的法治精神和獨立的司法機構維持香港市民的權利和自由。……香港位處中國的東南端，由香港島、大嶼山、九龍半島以及新界（包括二六二個離島）組成。[33]

「香港」由無名，到「香港村」、「香港島」，到「香港島、九龍半島、新界和離島」合稱，經歷了地理上和政治上不同界劃，經歷了一個自無而有，而變形放大的過程。更重要的是，「香港」這個名稱底下要有「人」；有人在這個地理空間起居作息，有人在此地有種種喜樂與憂愁、言談與詠歌。有人，有生活，有恩怨愛恨，有器用文化，「地方」的意義才能完足。

猜想自秦帝國及以前，地理上的香港可能已有居民，他們也許是越族蜑民。李鄭屋古墓的出土，或許可以說明漢文化曾在此地流播。[34] 據說從唐末至宋代，元朗鄧氏、上水廖氏及侯氏、粉嶺文氏及彭氏五族開始南移到新界地區。許地山，從臺灣到中國內地再到香港直至長眠香港土地下的另一位文化人，告訴我們：

> 香港及其附近底居民，除新移入底歐洲民族及印度波斯諸國民族以外，中國人中大別有四種：一、本地；二、客家；三、福佬；四、蛋家。……本地人來得最早的是由湘江入蒼梧順西江下流底。稍後一點底是越大庾嶺由南雄順北江下流底。[35]

「本地」，不免是外來；香港這個流動不絕的空間，誰是土地上的真正主人呢？再追問下去的話，秦漢時居住在這個海島和半島上的，是「香港人」嗎？大概只能說是南海郡人或者番禺縣人；再晚來的，就是寶安縣人、新安縣人吧。因為當時的政治地理，還沒有「香港」這個名稱、這個概念。然而，換上了不同政治地理名號的「人」，有甚麼不同的意義？「人」和「土地」的關係，就會有所改變嗎？

2 定義「香港文學」

「香港文學」過去大概有點像南中國的一個無名島，島民或漁或耕，帝力於我何有哉？自從上世紀八〇年代開始，「香港文學」才漸漸成為文化人和學界的議題。這當然和中英就香港前途問題進行談判，以至一九八四年簽訂中英聯合聲明，讓香港進入一個漫長的過渡期有關。「香港有沒有文學」、「甚麼是香港文學」等問題陸續浮現。前一個問題，大概出於與「香港文學」、或者所有「文學」都無甚關涉的人。香港以外地區有這種觀感的，可以理解；值得玩味的是在港內同樣想法的人並不是少數；責任何在？實在需要深思。至於後一個問題，則是一個定義的問題。

要定義「香港文學」，大概不必想到唐宋秦漢，因為相關文學成品（artifact）的流轉，大都在「香港」這個政治地理名稱出現以後。[36] 只便如此，還是困擾了不少人。一種定義方式，是以文本創製者為念：說文學是性靈的抒發，故「香港文學」應是「香港人所寫的文學」。這個定義帶來的問題首先是「誰是香港人」？另一種方式，從作品的內容着眼，因為文學反映生活，如果這生活的場景就是香港，當然就是「香港文學」。依着這個定義，則不涉及香港具體情貌的作品，是要排除在外了。再有一種，以文本創製工序的完成為論，所以「香港文學」是「在香港出版、面世的文學作品」。此外，與出版相關的是文學成品的受眾，所以這個定義可以改換成以「接受」的範圍和程度作準：「在香港出版，為香港人喜愛（最低限度是願意）閱讀的文學作品。」先不說定義中還是包含未有講明白的「香港人」一詞，而且「讀者在哪裏？」是不易說清楚的。事實上，由於歷史的原因，以香港為出版基地，但作者讀者都不在香港的情況不是沒有。[37] 因為香港就是這麼奇妙的一個文學空間。[38]

從過去的議論見到，創作者是否「香港人」是一個基本問題；換句話說，很多討論是圍繞着「香港作家」的定義來展開。有一種可能會獲得官方支持的講法是：「持有香港身份證或居港七年以上，曾出版最少一冊文學作品或經常在報刊發表文學作品」；[39] 這個定義的前半部分是以「政治」和「法律」論文學的一例，很難令人釋懷；[40] 兼且「法律」是有時效的，這時不合法並不排除那時的「非違法」。我們認為：「文學」的身份和「文學」的有效性不必倚仗一時的統治法令去維持。至於「出版」與「報刊發表」當然是由創作到閱讀的「文學過程」中一個接近終點的環節，可以是一個有效的指標；而出版與發表的流通範圍，究竟應否再加界定？是可以進一步討論的。

3 劃界與越界

我們在歸納「文學大系」的編纂傳統時，第一點提到這是「對一個範圍的文學（一個時段、一個國家／地區）作系統的整理」；第四點又指出「國家文學」或者「地區文學」的「劃界」與「越界」，恒常是「文學大系」的挑戰；兩點都是有關「劃定範圍」的問題。上文的討論是比較概括地把「香港文學」的劃界方式「問題化」（problematize），目的在於啟動思考，還未到解決或解脫的階段。

以下我們從《香港文學大系》編輯構想的角度，再進一步討論相關問題。首先是時段的界劃。目前所見的幾本國內學者撰寫的「香港文學史」，除了謝常青的《香港新文學簡史》外，[41]其餘都是以一九四九或一九五〇年為正式敘事起始點。這時中國內地政情有重大變化，大陸和香港兩地的區隔愈加明顯；以此為文學史時段的上限無疑是方便的，也有一定的理據。然而，我們認為香港文學應該可以往上追溯。因為新文學運動以及相關聯的「五四運動」，是香港現代文化變遷的一個重要源頭。北京上海的波動傳到香港，無疑有一定的時間差距，但「五四」以還，直到一九四九年，香港文學的實績還是班班可考的。因此我們選擇「從頭講起」，擬定「一九一九年」和「一九四九年」兩個時間指標，作為《大系》第一輯工作上下限；希望把源頭梳理好，以後第二輯、第三輯⋯⋯，可以順流而下，進行其他時段的考察。我們明白這兩個時間標誌源於「非文學」的事件，卻認為這些事件與文學的發展有密切的關聯。我們又同意這個時段範圍的界劃不是確切不能動搖的，尤其上限不必硬性定在一九一九年，可以隨實際掌握的材料往上下挪動。比方說「舊體文學卷」和「通俗文學」的發展應可以追溯到更早的年份；而「戲劇」文本的選輯年份可能要往下移。

第二個可能疑義更多的是「香港文學」範圍的界劃。我們在回顧《中國新文學大系》各輯的規模時，見識過邊界如何「彈性」地被挪移，以收納「臺港澳」的作家作品。這究竟是「越界」還是隨「非文學」的需要而「重劃邊界」？這些新吸納的部分，與原來的主體部分如何，或者是否可以，構成一個互為關聯的系統？我們又看過余光中領銜編纂的《大系》，把張愛玲、夏志清等編入其中。前者大概沒有在臺灣居停過多少天，所寫所思好像與臺灣的風景人情無甚關涉；後者出身上海北京，去國後主要在美國生活、研究和著述。[42] 他們之「越界」入選，又意味着甚麼樣的文學史觀？

《香港文學大系》編輯委員會參考了過去有關「香港文學」、「香港作家」的定義，認真討論以下幾個原則：

一、「香港文學」應與「在香港出現的文學」有所區別（比方說瘂弦的詩集《苦苓林的一夜》在香港出版，但此集不應算作香港文學）；

二、（在一段相當時期內）居住在香港的作者，在香港的出版平台（如報章、雜誌、單行本、合集等）發表的作品（例如侶倫、劉火子在香港發表的作品）；

三、（在一段相當時期內）居住在香港的作者，在香港以外地方發表的作品（例如謝晨光在上海等地發表的作品）；

四、受眾、讀者主要是在香港，而又對香港文學的發展造成影響的作品（如小平的女飛賊黃鶯系列小說；這一點還考慮到早期香港文學的一些現象：有些生平不可考，是否同屬一人執筆亦未可知，但在香港報刊上常見署以同一名字的作品）。

編委會各成員曾將各種可能備受質疑的地方都提出來討論。最直接意見的是認為「相當時期」

一語太含糊，但又考慮到很難有一個學術上可以確立的具體時間（七年以上？十年以上？）。各項原則應該從寬還是從嚴？內容寫香港與否該不該成為考慮因素？文學史意義以香港為限還是包括對整體中國文學的作用？這都是熱烈爭辯過的議題。大家都明白《大系》中有不同文類，個別文類的選輯要考慮該文類的習套、傳統和特性，例如「通俗文學」的流通空間主要是「省港澳」（廣州、香港、澳門），「新詩」的部分讀者可能在上海，「戲劇」會關心劇作與劇場的關係。各種考慮，林林總總，很難有非常一致的結論。最後，我們同意請各卷主編在採編時斟酌上列幾個原則，然後依自己負責的文類性質和所集材料作決定；如果有需要作出例外的選擇，則在該卷〈導言〉清楚交代。大家的默契是以「香港文學」為據，而不是歧義更多的「香港作家」概念，尤其後者更兼有作家「自認」與他人「承認」與否等更複雜的取義傾向。歷史告訴我們，「香港」的屬性，從來就是流動不居的。在《大系》中，「香港」應該是一個文學和文化空間的概念：「香港文學」應該是與此一文化空間形成共構關係的文學。香港作為文化空間，足以容納某些可能在別一文化環境不能容許的文學內容（例如政治理念）或形式（例如前衛的試驗），或者促進文學觀念與文本的流轉和傳播（影響內地、臺灣、南洋、其他華語語系文學，甚至不同語種的文學，同時又接受這些不同領域文學的影響）。我們希望《香港文學大系》可以揭示「香港」這個「文學／文化空間」的作用和成績。

4「文學大系」而非「新文學大系」

《香港文學大系》的另一個重要構想是，不用「大系」傳統的「新文學」概念，而稱「文學大系」。這個撰擇關係到我們對「香港文學」以至香港文化環境的理解。在中國內地，「新文學」以「文學革命」的姿態登場，其抗衡的對象是被理解為代表封建思想的「舊」文化與「舊」文學；為了突出「新文學」，於是「舊」的範圍和其負面程度不斷被放大。革命行動和歷史書寫從運動一開始就互相配合，「新文學」沒有耐心等待將來史冊評定它的功過，文學革命家如胡適從《留學日記》、〈文學改良芻議〉、〈建設的文學革命論〉到《五十年來中國之文學》，都是一邊宣傳革命、實行革命，一邊修撰革命史。這個策略在當時中國的環境可能是最有效的，事實上與「國語運動」同時並舉的「新文學運動」非常成功，其影響由語言、文學，到文化、社會、政治，可謂無遠弗屆。[43]十多年後趙家璧主編《中國新文學大系》，其目標不在經驗沈澱後重新評估過去的新舊對衡之意義，而在於「運動」之奮鬥記憶的重喚，再次肯定其間的反抗精神。

香港的文化環境與中國內地最大分別是香港華人要面對一個英語的殖民政府。為了帝國利益，港英政府由始至終都奉行重英輕中的政策。這個政策當然會造成社會上普遍以英語為尚的現象，但另一方面中國語言文化又反過來成為一種抗衡的力量，或者成為抵禦外族文化壓迫的最後堡壘。由於傳統學問的歷史比較悠久，積聚比較深厚，比較輕易贏得大眾的信任甚至尊崇。於是通曉儒經國學、能賦詩為文（古文、駢文），隱然另有一種非官方正式認可的社會地位。另一方面，來自內地——中華文化之來源地——的新文學和新文化運動，又是「先進」的象徵，當這些帶有開新和批判精神的新文學從內地傳到香港，對於年輕一代特別有吸引力。受「五四」文學新潮影響的學子，既有可能以其批判眼光審視殖民統治的不公，又有可能倒過來更加積極學習英語文學及文化，以吸收新知，來加強批判能力。至於「新文學」與「舊文學」之間，既有可能互相對抗，也有協成互補的機會。換句話說，英語代表的西方文化，與中國舊文學及新文學構成一個複雜多角的關係。如果簡單借用在中國內地也不無疑問的獨尊「新文學」觀點，就很難把「香港文學」的狀況表述清楚。

事實上，香港能寫舊體詩文的文化人，不在少數。報章副刊以至雜誌期刊，都常見佳作。這部分的文學書寫，自有承傳體系，亦是香港文學文化的一種重要表現。例如前清探花，翰林院編修，官至南書房行走、江寧提學使的陳伯陶，流落九龍半島二十年，編纂《勝朝粵東遺民錄》、《明東莞五忠傳》等，又研究宋史遺事，考證官富場（現在的官塘）宋王臺、侯王廟等歷史遺跡；他的所為，和葉靈鳳捧着清朝嘉慶二十四年刊《新安縣志》珍本，辛勤考證香港的前世往跡有甚麼不同？一個傳統的讀書人，離散於僻遠，如何從地誌之「文」，去建立「人」與「地」與「時」的關係？我們是否可以從陳伯陶與友儕在一九一六年共同製作的《宋臺秋唱》詩集中，見到那上下求索的靈魂在嘆息？他腳下的土地，眼前的巨石，能否安頓他的心靈？詩篇雖為舊體，但其中的文心，不是常新嗎？[44] 可以說，「香港文學」如果缺去了這種能顯示文化傳統在當代承傳遞嬗的文學記錄，其結構就不能完整。[45]

再如擅寫舊體詩詞的黃天石，又與另一位舊體詩名家黃冷觀合編「通俗文學」的《雙聲》雜誌，發表鴛鴦蝴蝶派小說；後來又是「純文學」的推動者，創立國際筆會香港中國筆會，任會長十年；又曾辦《文學世界》，支持中國文學研究；影響更大的是以筆名「傑克」寫的流行小說。這樣多面向的文學人，我們希望在《香港文學大系》給予充分的尊重。這也是《香港文學大系》必須有《通俗文學卷》的原因之一。我們認為「通俗文學」在香港深入黎庶，讀者量可能比其他文學類型高得多。再說，香港的「通俗文學」貼近民情，而且語言運用更多大膽試驗，如「粵語入文」，或者「三及第化」，是香港文化以文字方式流播的重要樣本。當然，「通俗文學」主要是商業運作，產量多而水準不齊，資料搜羅固然不易，編選的尺度拿捏更難；如何澄沙汰礫，如何從文學史的角度與其他文類協商共容，都極具挑戰性。無論如何，過去《中國新文學大系》因為以「新文學」為主，把影響民眾生活極大的通俗文學棄置一旁，是非常可惜的。

《香港文學大系》又設有《兒童文學卷》。我們知道「兒童文學」的作品創製與其他文學類型最大的不同是，其擬想的讀者既隱喻作者的「過去」，也寄託他所構想的「未來」；當然作品中更免不了與作者「現在」的思慮相關聯。已成年的作者在進行創作時，不斷與與自己童稚時期的經驗對話，時光的穿梭是一個必然的現象；在《大系》設定一九四九年以前的時段中，「兒童文學」在香港還有一種「空間」穿越的情況，因為不少兒童文學的作者都身不在香港；「空間」的幻設，有時要透過在香港的編輯協助完成。另一方面，這時段的兒童文學創製有不少與政治宣傳和思想培育有關。部分香港報章雜誌上的兒童文學副刊，是左翼文藝工作者進行思想鬥爭的重要陣地。

依照成年人的政治理念去模塑未來，培養革命的下一代，又是這時期香港兒童文學的另一個現象。可以說，「兒童文學」以另一種形式宣明香港文學空間的流動性。

5　「文學大系」中的「基本」文體

「新詩」、「小說」、「散文」、「戲劇」、「文學評論」，這些「基本」的現代文學類型，也是《香港文學大系》的重要部分。這些文類原型的創發與「新文學運動」息息相關，是由中國而香港的「現代性」降臨的一個重要指標。[46] 其中新詩的發展尤其值得注意。詩歌從來都是語言文字的實驗室；尤其在移走可以依傍的傳統詩詞的格律框之後，主體的心靈思緒與載體語言之間的纏鬥更加激烈而無邊際。朱自清在《中國新文學大系・詩集》的〈選詩雜記〉中提到他的編選觀點：「我們要看看我們啟蒙期詩人努力的痕跡。他們怎樣從舊鐐銬解放出來，怎樣學習新言語，怎樣尋找新世界。」香港的新詩起步比較遲，但若就其中傑出的作家作品來看，卻能達到非常高的水平。[47] 這可能是因為香港的語言環境比較複雜，日常生活中的語言已不斷作語碼轉換，感情思想與語言載體互相作用的頻率特別高，實驗多自然成功機會也增加。相對來說，小說受到寫實主義思潮的引導，而香港的寫實卻又是中國內地小說的再模仿，其依違之間，使得「純文學」的小說家難以無障礙地完成構築虛擬的世界。例如理應展現香港城市風貌的小說場景，究竟是否上海十里洋場的複製，就需要推敲。與包袱比較輕的通俗小說作者相比，學習「新文學」的小說家的道路就比較艱難了，所留下繽紛多元的實績，很值得我們珍視。

散文體最常見的風格要求是明快、直捷，而這時期香港散文的材料主要寄存於報章副刊，編者重回「閱讀現場」的感覺會比較容易達成。《大系》的散文樣本，可以更清晰地指向這時段香港的世態人情，生活的憂戚與喜樂。由於香港的出版自由相對比中國內地高，報章檢查沒有國內嚴苛，只要不觸碰殖民政府「當局」，成為全中國的「輿論中心」是有可能的。報章上的公共言論，有時有會超脫香港本地的視野；香港報章轉成內地輿情的進出口。所以說，「香港」作為一個文化地理的空間，其功能和作用往往不限於本土。《大系》兩卷散文，少不免對此有所揭示。類似的情況又可見於我們的《戲劇卷》。中國現代劇運以動員群眾為目標，啟蒙與革命是主要的戲碼；這時期香港的劇運，不計由英國僑民帶領的英語劇場，可謂全國的附庸，也是政治運動的特遣。讀《香港文學大系》的戲劇選輯，很容易見到政治與文藝結合的前台演出。然而，當中或許有某些不求外揚的藝術探索，或者存在某種本土呼吸的氣息，有待我們細心尋繹。至於香港出現的「文學評論」，其來源也是多元的。越界而來的文藝指導在中國多難的時刻特別多；尤其抗日戰爭和國共內戰期間，政治宣傳和鬥爭往往以文藝論爭的方式出現；其論述的面向是全國而不是香港；這就是「全國輿論中心」的貢獻。[48] 然而正因為資訊往來方便，中外的文化訊息在短時間內得以在本地流轉；由此也孕育出不少視野開闊的批評家，其關注面也廣及香港、全中國，以至國際文壇。這也是「香港」的一個重要意義。

6 小結

綜之，我們認為「香港」是一個文學和文化的空間，「香港」可以有一種「文學的存在」；「香港文學」是一個文化結構的概念。我們看到「香港文學」是多元的而又多面向的。我們以一九一九到一九四九為大略的年限，整理我們能搜羅到的各體文學資料，按照所知見的數量比例作安排，「散文」、「小説」、「評論」各分「一九一九—一九四一」及「一九四二—一九四九」兩卷；「新詩」、「戲劇」、「舊體文學」、「通俗文學」、「兒童文學」各一卷，加上「文學史料」一卷，全書共十二卷。每卷主編各撰寫本卷〈導言〉，説明選輯理念和原則，以及與整體凡例有差異的地方和差異的理據。編委會成員就全書方向和體例有充分的討論，與每卷主編亦多番往返溝通。我們不強求一致的觀點，但有共同的信念。我們不會假設各篇〈導言〉組成周密無漏的文學史敘述，所有選材拼合成一張無缺的文學版圖。我們相信虛心聆聽之後的堅持，更有力量；各種論見的交錯、覆疊，以至留白，更能抉發文學與文學史之間的「呈現」與「拒呈現」的幽微意義。我們期望這十二卷《香港文學大系一九一九—一九四九》能夠展示「香港文學」的繁富多姿。我們更盼望時間會證明，十二卷《大系》中的「香港文學」，並沒有遠離香港，而且繼續與這塊土地上生活的人對話。

三、餘話

最後，請讓我簡單交代《香港文學大系一九一九－一九四九》編輯的經過。二〇〇九年我和同事陳智德開始聯絡同道，組織編輯委員會，成員包括：黃子平、黃仲鳴、樊善標、危令敦、陳智德以及本人。又邀請到陳平原、王德威、黃子平、李歐梵、許子東擔任計劃的顧問。在籌備階段，我們得到李律仁先生的襄助，私人捐助我們一筆啟動基金。李先生對香港文學的熱誠，對我們的信任，在此致上衷心的感謝。經過編委員討論編選範圍和方針以後，我們組織了《大系》各卷的主編團隊：陳智德（新詩卷、文學史料卷）、樊善標（散文卷一）、危令敦（散文卷二）、謝曉虹（小說卷一）、黃念欣（小說卷二）、盧偉力（戲劇卷）、程中山（舊體文學卷）、黃仲鳴（通俗文學卷）、霍玉英（兒童文學卷）、陳國球（評論卷一）、林曼叔（評論卷二）。編輯委員會通過整體計劃後，我們向香港藝術發展局申請資助，順利通過得到撥款。因為全書規模大，出版並不容易，我們有幸得到聯合出版集團總裁陳萬雄先生的幫忙；陳先生非常熱心香港文化事業，一直關注香港文學史的編撰；經過他的鼎力推介，《香港文學大系一九一九－一九四九》由香港商務印書館出版。期間總經理葉佩珠女士與副總編輯毛永波先生全力支持，《大系》編務主持人洪子平先生專業支援，讓《大系》順利分批出版，編委會成員都非常感激。此外，我們還要向為《香港文學大系》題籤的鍾育淳先生敬致謝忱。《大系》編選工作艱巨，各卷主編自是勞苦功高；搜集整理資料的細務，有賴香港教育學院中國文學文化研究中心的成員：楊詠賢、賴宇曼、李卓賢、雷浩文、姚佳琪、許建業等承擔，其中賴宇曼更是後勤工作的總負責人，出力最多。我們相信，《香港文學大系》是一項有意義的文化工作，大家出過的每一分力，都值得記念。

二〇一四年六月三十日定稿

註釋

1 例如一九八四年五月十日在《星島晚報》副刊《大會堂》就有一篇絢靜寫的〈香港文學大系〉，文中說：「在鄰近的大陸，臺灣，甚至星洲，早則半世紀前，遲至近二年，先後都有它們的『文學大系』由民間編成問世。香港，如今無論從哪一個角度看，都不比他們當年落後，何以獨不見自己的『文學大系』出現？」十多年後，二〇〇一年九月廿九日，也斯在《信報》副刊發表〈且不忙寫香港文學史〉說：「在編寫香港文學史之前，在目前階段，不妨先重印絕版作品、編選集、編輯研究資料，編新文學大系，為將來認真編寫文學史作準備。」

2 日本最早用「大系」名稱的成套書大概是一八九六年十一月出版的《國史大系》。日本有稱為「三大文學全集」的《新釋漢文大系》（明治書院）、《日本古典文學大系》（岩波書店）、《現代日本文學大系》（筑摩書房），都以「大系」為名，可見他們的傳統。

3 據趙家璧的講法，這個構思得到施蟄存和鄭伯奇的支持，也得良友圖書公司的經理支持，於是以此定名《中國新文學大系》。見趙家璧〈話說《中國新文學大系》〉，原刊《新文學史料》，一九八四年第一期；收入趙家璧《編輯憶舊》（一九八四；北京：三聯書店，二〇〇八再版），頁一〇〇。

4 在此「文體類型」的概念是現代文論中"genre"一詞的廣義應用，指依循一定的結撰習套而形成書寫傳統的文本類型。作為一個文體類型的個別樣本，對外而言應該與同類型的其他樣本具有相同的特徵；對內而言則自成一個可以辨認的結構。中國文學傳統中也有「體」的觀念，其指向相當繁複，但也可以從這個寬廣的定義去理解。

5 〈話說《中國新文學大系》〉，以及〈魯迅怎樣編選《小說二集》〉等文，均收錄於趙家璧《編輯憶舊》。此外，趙家璧另有《編輯生涯憶魯迅》（北京：人民文學，一九八一）、《書比人長壽》（香港：三聯書店，一九八八）、《文壇故舊錄：編輯憶舊續集》（北京：三聯書店，一九九一）等著，亦有值得參看的記述。當然我們必須明白，這是多年後的補記；某些過程交代，難免摻有後見之明的解說。

6 Lydia H. Liu, "The Making of the 'Compendium of Modern Chinese Literature,'" in Liu, *Translingual Practice: Literature, National Culture, and Translated Modernity-China, 1900-1937* (Stanford University Press, 1995), pp. 214-238; 徐鵬緒、李廣《〈中國新文學大系〉研究》（北京：社會科學文獻出版社，二〇〇七）。

7 據國民政府一九二八年頒佈的《著作版權法》，已出版的單行本受到保護，而編採單篇文章以合成一集則沒有限制；又一九三四年六月國民黨中央宣傳部成立圖書雜誌審查會，所制定的《修正圖書雜誌審查辦法》第二條規定：社團或著作人所出版之圖書雜誌，應於付印前將稿本送審。第九條規定：凡已經取得審查證或免審證之圖書雜誌稿件，在出版時應將審查證或免審證號數刊印於封底，以資識別。均見劉哲民編《近現代出版社新聞法規彙編》（北京：學林出版社，一九九二）頁一六〇、二三二。

8 據趙家璧追述，阿英認為「這樣的一套書，在當前的政治鬥爭中具有現實意義，也還有久遠的歷史價值和學術價值」。〈話說《中國新文學大系》〉，頁九八。

9 *Translingual Practice*, 235.

10 自歌德以來，以三分法——抒情詩（lyric）、史詩（epic）、戲劇（drama）——作為所有文學的分類才是「共識」。西方固然有"familiar essay"作為文類形式的討論，但並沒有把它安置於一種四分的格局之中。事實上西方的「散文」（prose）是與「詩體」（poetry）相對的書寫載體，在層次上與現代中國文學的四分觀念並不吻合。現代中國文學習用的四分法，在理論上很難周備無漏，需要隨時修補。參考陳國球〈「抒情」的傳統：一個文學觀念的流轉〉，《淡江中文學報》，第二十五期（二○一一年十二月），頁一七三—一九八。

11 這些例子均見於《民國總書目》（北京：書目文獻出版社，一九九二）。

12 〈話說《中國新文學大系》〉，頁九七。

13 朱自清〈評郭紹虞《中國文學批評史》上卷〉，載《朱自清古典文學論集》（上海：上海古籍出版社，一九八一，頁五四一）。

14 觀夫郁達夫和周作人兩集散文的〈導言〉，可以見到當中所包含自覺與反省的意識，不能簡單地稱之為「自我殖民」。

15 蔡元培〈總序〉，《中國新文學大系》，頁一三。又趙家璧為《大系》撰寫的〈前言〉亦徵用「文藝復興」的比喻，說中國新文學運動「所結的果實，也許不及歐洲文藝復興時代般的豐盛美滿，可是這一群先驅者們開闢荒蕪的精神，至今還可以當做我們年青人的模範，而他們所產生的一點珍貴的作品，更是新文化史上的瑰寶。」《中國新文學大系》，頁一。

16 參考羅志田〈中國文藝復興之夢：從清季的「古學復興」到民國的「新潮」〉，載羅志田《裂變中的傳承——二十世紀前期的中國文化與學術》（北京：中華書局，二○○三），頁五三—九○；李長林〈歐洲文藝復興在中國的傳播〉，載鄭大華、鄒小站編《西方思想在近代中國》（北京：社會科學文獻出版社，二〇〇五），頁一—四八。

17 蔡元培有關「文藝復興」的論述，起碼有三篇文章值得注意：一、〈中國的文藝中興〉（一九二四）；二、〈吾國文化運動之過去與將來〉（一九三四）；三、《中國新文學大系·總序》（一九三五）。幾篇文章對「文藝復興」或者「文藝中興」的論述和判斷頗有些差異，第一篇演講所論的「文藝中興」始於晚清；但二、三兩篇則專以「新文學／新文化運動」為「復興」時代；又頗借助胡適的「國語的文學，文學的國語」的論述。然而胡適個人的「文藝復興」論亦不止一種：有時也指清代學術（如一九一九年出版的《中國哲學史大綱（卷上）》〔北京：商務印書館，一九八七影印〕），頁九—一〇）；有時具體指新文學／新文化運動（如一九二六年的演講："The Renaissance in China,"《胡適英文文存》，頁二〇—三七）。他曾認為 Renaissance 中譯應改作「再生時代」；後來又把這用語的涵義擴大，上推到唐以來中國歷史上幾次大規模的文化變革。有關胡適的「文藝復興」觀與他領導的「新文學運動」的關係，參考陳國球《文學史書寫形態與文化政治》（北京：北京大學出版社，二〇〇四），頁六七—一〇六。

18 姚琪〈最近的兩大工程〉，《文學》，五卷六期（一九三五年七月），頁二二八—二三二；畢樹棠〈書評：《中國新文學大系》〉，《宇宙風》，第八期（一九三六），頁四〇六—四〇九。都非常正面；又趙家璧〈話說《中國新文學大系》〉指出《大系》銷量非常好，見頁一二八—一二九。

19 茅盾回憶錄中提到他把《大系》稱作第一輯，「是寄希望於第二輯、第三輯的繼續出版」；轉引自趙家璧《書比人長壽——編輯憶舊集外集》（北京：中華書局，二〇〇八），頁一八九。

20 〈話說《中國新文學大系》〉，頁一三〇—一三六。

21 李輝英〈重印緣起〉，《中國新文學大系·續編》（香港：香港文學研究社，一九七二再版），頁二；〈再版小言〉，無頁碼。

22 常君實是內地資深編輯，一九五八年被中國新聞社招攬，擔任專為海外華僑子弟編寫文化教材和課外讀物的工作，主要在香港的上海書局和香港進修出版社出版。譚秀牧，曾任《明報》副刊編輯，《南洋文藝》主編，香港文學研究社編輯等。

23 參考譚秀牧〈我與《中國新文學大系・續編》〉，《譚秀牧散文小説選集》（香港：天地圖書公司，一九九〇），頁二六二—二七五。譚秀牧在二〇一一年十二月到二〇一二年五月的個人網誌中，再交代《續編》的出版過程，以及回應常君實對《續編》編務的責難。見 http://tamsaumokgblog.blogspot.hk/2012/02/blog_post.html（檢索日期：二〇一四年五月三十日）。

24 羅孚〈香港文學初見里程碑〉一文談到《中國新文學大系續編》說：「《續編》十集，五六百萬字，實在是一個浩大的工程，在那個時時要對知識分子批判，觸及肉體直到靈魂的日子，主編這樣一部完全可以能被認為是替封、資、修『樹碑立傳』的書，該有多大的難度，需要多大的膽識！真叫人不敢想像。誰也沒有想到，這樣一個偉大的工程竟然在默默中完成了，而香港擔負了重要的角色，這實在是香港在中國新文學運動史上一個重要的貢獻，應該受到表揚。不管這《續編》有多大缺點或不足，都應該得到肯定和表揚。」載絲韋（羅孚）《絲韋隨筆》（香港：天地圖書公司，一九九七），頁一〇一。又參考羅寧〈《中國文學大系續編》簡介〉，《開卷月刊》，二卷八期（一九八〇年三月），頁二九。此外，大約在香港文學研究社籌劃《大系續編》的時候，在香港中文大學任教的李輝英和李棪，也正在進行另一個《中國新文學大系》的續編計劃，由中大撥款支持；看來構思已相當成熟，可惜最後沒有完成。見李棪、李輝英〈《中國新文學大系・續編》的編選計劃〉，《純文學》，第十三期（一九六八年四月），頁一〇四—一一六。

25 《中國現代文學大系・小説第一輯》序，頁一九。

26 曉風的序「散文」從開篇就講選本的意義，視自己的工作為編輯選本，明顯與朱西甯的説法不同調，見《中國現代文學大系・散文第一輯》，頁一—四。

27 《中國現代文學大系》，頁一一。

28 《中華現代文學大系（貳）——臺灣一九八九—二〇〇三》，頁一三。

29 《中國新文學大系一九七六—二〇〇〇》，頁五。

30 《中華現代文學大系（貳）——臺灣一九八九—二〇〇三》，頁一四。

31 〈香港村和香港的由來〉，載葉靈鳳《香島滄桑錄》（香港：中華書局，二〇一一），頁四。現在我們知道「香港」之名初見於明朝萬曆年間郭棐所著的《粵大記》，但不是指現稱香港島的島嶼，而是今日的黃竹坑一帶。見郭棐撰，黃國聲、鄧貴忠點校《粵大記》（廣州：中山大學出版社，一九九八），〈廣東沿海圖〉，頁九一七。

32 又參考馬金科主編《早期香港研究資料選輯》（香港：三聯書店，一九九八），頁四三—四六。葉靈鳳又提醒我們，根據英國倫敦一八四四年出版的《納米昔斯號航程及作戰史》（*Narrative of the Voyages and Services of the Nemesis*），早在一八一六年「英國人的筆下便已經出現『香港』這個名稱了」。見葉靈鳳《香港的失落》（香港：中華書局，二〇一一），頁一七五。

33 香港特區政府網站：http://www.gov.hk/tc/about/abouthk/facts.htm（檢索日期，二〇一四年六月一日）。

34 參考屈志仁（J. C. Y. Watt）《李鄭屋漢墓》（香港：市政局，一九七〇）；香港歷史博物館編《李鄭屋漢墓》（香港：香港歷史博物館，二〇〇五）。

35 許地山《國粹與國學》（長沙：嶽麓書社，二〇一一）頁六九—七〇。

36 《新安縣志》中的《藝文志》載有明代新安文士歌詠杯渡山（屯門青山）、官富（官塘）之作。我們今天應如何理解這些作品，是值得用心思量的。請參考程中山《舊體文學卷》的〈導言〉。

37 例如不少內地劇作家的劇本要避過國民政府的審查，而選擇在香港出版，但演出還是在內地。

38 上世紀八〇年代以來，為「香港文學」下定義的文章不少，以下略舉數例：黃維樑〈香港文學研究〉（一九八三），收入黃維樑《香港文學初探》（香港：華漢文化事業公司，一九八八二版），頁一六—十八；鄭樹森《聯合文學・香港文學專號・前言》（一九九二），刪節後改題〈香港文學的界定〉，收入黃繼持、盧瑋鑾、鄭樹森《追跡香港文學》（香港：牛津大學出版社，一九九八），頁五三—五五；黃康顯〈香港文學的分期〉（一九九五），收入黃康顯《香港文學的發展與評價》（香港：秋海棠文化企業出版社，一九九六），頁八；劉以鬯主編《香港文學作家傳略》（香港：市政局公共圖書館，一九九六），〈前言〉，頁iii；許子東《香港短篇小說選一九九六——一九九七・序》，載許子東《香港短篇小說初探》（香港：天地圖書公司，二〇〇五），頁二〇—二二。

39 《香港文學作家傳略》，〈前言〉，頁iii。

40 在香港回歸以前，任何人士在香港合法居住七年後，可申請歸化成為英國屬土公民並成為香港永久居民；香港主權移交後，改由持有效旅行證件進入香港、連續七年或以上通常居於香港並以香港為永久居住地的條件，可成為永久性居民。參考香港特區政府網站：http://www.gov.hk/tc/residents/immigration/idcard/roa/verifyeligible.htm（檢索日期，二〇一四年六月一日）。

41 謝常青《香港新文學簡史》（廣州：暨南大學出版社，一九九〇）。

42 夏志清長期在臺灣發表中文著作，但他個人未嘗在臺灣長期居留。又《中華現代文學大系（貳）——臺灣一九八九—二〇〇三》由馬森主編的小說卷，也收入香港的西西、黃碧雲、董啟章等香港小說家。

43 參考陳國球《文學史書寫形態與文化政治》，頁六七—一〇六。

44 參考高嘉謙〈刻在石上的遺民史：《宋臺秋唱》與香港遺民地景〉，《臺大中文學報》，四十一期（二〇一三年六月），頁二七七—三一六。

45 羅孚曾評論鄭樹森等編《香港文學大事年表》（一九九六）不記載傳統文學的事件，鄭樹森的回應是：「雖然有人認為《年表》可以選收舊體詩詞，但是，恐怕這並不是整理一般廿世紀中國文學發展的慣例。」《年表》後來再版，題目的「文學」二字改換成「新文學」。分見《絲韋隨筆》，頁一〇〇；鄭樹森、黃繼持、盧瑋鑾編《香港新文學年表（一九五〇——一九六九）》（香港：天地圖書公司，二〇〇〇），頁五。

46 英國統治帶來的政制與社會建設，也是香港進入「現代性」境況的另一關鍵因素。

47 鄭樹森等在討論香港早期的新文學發展時，認為「詩歌的成就最高」，柳木下和鷗外鷗是「這時期的兩大詩人」。見鄭樹森、黃繼持、盧瑋鑾編《早期香港新文學作品選》（香港：天地圖書公司，一九九八），頁三一—四二。

48 參考侯桂新《文壇生態的演變與現代文學的轉折——論中國作家的香港書寫》（北京：人民出版社，二〇一一）

凡例

一、《香港文學大系一九一九—一九四九》共十二卷，收錄一九一九年至一九四九年之香港文學作品，編纂方式沿用《中國新文學大系》以體裁分類，同時考慮香港文學不同類型文學之特色，分別為新詩卷、散文卷一、散文卷二、小說卷一、小說卷二、戲劇卷、評論卷一、評論卷二、舊體文學卷、通俗文學卷、兒童文學卷、文學史料卷。

二、作品排列是以作者或主題為單位，以作者為單位者，以入選作品發表日期先後為序，同一作者入選多於一篇者，以發表日期最早者為據。

三、入選作者均附作者簡介，每篇作品於篇末註明出處。如作品發表時所署筆名與作者通用之名不同，亦於篇末註出。

四、本書所收作品根據原始文獻資料，保留原文用字，避免不必要改動，部分文章礙於當時報刊審查制度，違禁字詞以X或□代替，亦予保留。

五、個別明顯誤校、字粒倒錯，或因書寫習慣而出現之簡體字，均由編者逕改；個別異體字如無法顯示則以通用字替代，不另作註。

六、原件字跡模糊，須由編者推測者，在文字或標點外加上方括號作表示，如「不以為〔然〕」；原件字跡太模糊，實無法辨認者，以圓括號代之，如「前赴（　）國」，每一組圓括號代表一個字。

七、本書經反覆校對，力求準確，部分文句用字異於今時者，是當時習慣寫法，或原件如此。

八、因篇幅所限或避免各卷內容重複，個別篇章以〔存目〕方式處理，只列題目而不收內文，各存目篇章之出處，將清楚列明。

九、《香港文學大系一九一九——一九四九》之編選原則詳見〈總序〉，各卷之編訂均經由編輯委員會審議，惟各卷主編對文獻之取捨仍具一定自主，詳見各卷〈導言〉。

導言

陳智德

一

一種新文體的出現，基於時代思潮的影響和文學體制本身的演化，其中前者往往更為關鍵。朱自清在《中國新文學大系・詩集》的導言中，把中國新詩的出現溯源於晚清詩界革命、五四白話文運動和外國文學的影響，提出時代思潮之於中國新詩的作用。朱自清編訂《中國新文學大系・詩集》，本出於一種歷史意識的醒悟，如他在〈選詩雜記〉所說：「我們要看看我們啟蒙期詩人努力的痕跡。他們怎樣從舊鐐銬裡解放出來，怎樣學習新語言，怎樣尋找新世界。」[1]《香港文學大系・新詩卷》之編訂，除了選出經得起時代考驗的佳作，更期望透過具體作品，勾勒香港新詩從最早至一九四九年間的歷史輪廓，使讀者透過一種新文體的發展，獲得一種歷史意識，進而反思新舊時代不同變化的軌跡。

香港新文學可溯源於五四運動，一九一九年五月四日北京爆發學生運動後一段時間，香港多份中文報紙都曾發表反日言論作為聲援，五月下旬香港市面再有多宗抵制日貨、衝擊日本商店的事件。[2]一九一九年在香港讀書的陳謙在回憶中談及五四運動對香港的影響，除了事件性的描述，他也提到文化上的衝擊：五四運動後，位於香港荷李活道的萃文書坊因售賣新文化書籍，曾遭警察查究干涉，並沒收不少書籍，但依然深受讀者歡迎。陳謙指當時的情況是：「新書一到，讀者聞風而動搶購一空」。[3] 陳謙所指的萃文書坊，三十年代參與創辦島上社的侶倫在《向水屋筆語》也有提及，他更指出香港讀者可以接觸到「當時最流行的新文學組織（如創造社、太陽社、拓荒社之類）的出版物。」[4]

新文化運動對香港的影響最主要見於語文上。晚清時期，香港已出版過文藝小說期刊《小說世界》和《新小說叢》兩種。五四運動後一段時期，香港報刊仍以文言文為主，但亦間中刊登白話文之作，如一九二二年出版的《香港晚報》刊登過白話散文，一九二三年《大光報》有白話小說陳雁聲〈多子的家庭〉及有關勞工法案的評論。一九二四年由香港英華書院出版的學生刊物《英華青年》，亦刊登白話文小說。一九二五年，《小說星期刊》由十一期起在刊載舊詩的「詩選」、「藝苑」欄目以外，在「補白」一欄中開始刊登新詩，作者有L.Y、許夢留、陳關暢、余夢蝶、陳俳柘等。除了新詩作品，《小說星期刊》更刊出了目前所見最早的新詩評論。

二十年代中期在《小說星期刊》發表的新詩，都帶有早期五四白話新詩的「新文藝腔」，部分如胡適的《嘗試集》帶一點舊詩詞的調子，作者L.Y、許夢留、陳關暢、余夢蝶、陳俳柘等都未能確知其身份，他們當中可能有的是往來於廣州和香港之間的文人。[5]《小說星期刊》與其他二十年代初至中期的香港文藝期刊如《雙聲》、《文學研究錄》等，俱屬舊派文藝期刊，以刊登舊體文學為主，《小說星期刊》則於一九二五年起改版，每期以補白形式刊登白話新詩，是反映香港文學新舊交替階段的重要刊物。該刊由香港世界編譯廣告公司出版，黃守一任總編輯及督印人和司理，他在第一期撰文〈我對於本刊之願望〉提到：「小說星期刊之出版。文字則撰自名人。記聞則撮登重要。」[6]他所說的名人，包括黃天石、黃崑崙、何恭第、孫受匡、吳灞陵、何筱仙等，都是當時香港報界、教育界著名的文人。

《小說星期刊》之引入新文學，發端於第二年第一期刊出的許夢留〈新詩的地位〉一文，許夢留首先回顧古典詩歌自漢唐以來歷次的形式變革，論點針對舊文學對新詩的反感，最後提出「詩的意義本來沒有新舊的區分……新詩是打破一定的字句，打破平仄、不見對偶，不要押韻的，用現代的言語——國語來表現的，有韻無韻不成問題的，一種自由詩體。」[7]最後在文章的總結部分更論及當時多種新詩結集：「據我已經看過的詩集，有嘗試集、草兒、冬夜、繁星、將來之花園，舊夢、女神、雪朝，這幾種創作，雖然未有甚麼可驚的偉大傑作，但其中作品，我認為也有些滿意的成功」。以上許夢留所提及的詩集，作者依次是胡適、康白情、俞平伯、冰心、徐玉諾、劉大白和郭沫若，最後一本《雪朝》則是由文學研究會出版的多位詩人合集。這些詩集由一九二〇至二三年間出版，作者大部分是文學研究會成員。從〈新詩的地位〉可見，許夢留對五四時期新詩已相當熟悉，他對新文學運動的評價顯然是正面的，卻策略性地指出新詩屬於中國古典詩歌歷次變革中的一種，沒有否定舊詩的價值。

許夢留〈新詩的地位〉發表後，本以文言文形式為主的《小說星期刊》於一九二五年後，幾乎每期都以補白形式發表新詩，數量且有愈往後愈多的趨勢，初時發表最多的作者署名「L.Y」，與其後的許夢留、陳關暢、余夢蝶、陳俳柘等作者所發表的新詩都帶有早期五四白話新詩的「新文藝腔」。

這類受五四初期白話詩影響的作品，尚見於二〇年代末、三〇年代初的《伴侶》、《鐵馬》、《激流》、《英華青年》等刊物中。但就在三〇年代初，逐漸出現格律化的嘗試，如四句一節，隔句押韻的詩，接近於新月派的詩風。一九三二年間，李心若發表於《南強日報・鐵塔》的詩〈說古〉、〈禮物〉、〈野玫瑰〉等多首詩作，全都是四句一節，隔句押韻，其他在《南強日報・鐵塔》發表詩的作者亦陸續有類似的嘗試。香港新詩起源於二〇年代中新舊對立的氣氛中，在三〇年代初，已逐漸擺脫初期白話詩的影子，嘗試新月派格律詩的寫法，再發展出多種詩類，當中的發展，或與香港作者接觸新文學的途徑相關。

在二〇年代中期，五四新文學運動的重心已由北京移轉至上海。三〇年代初的上海文壇多元而複雜，既有左聯及中國詩歌會等左翼文藝團體的成立，也有《現代》雜誌創辦以及被稱為「現代派」的詩歌，它們都對三〇年代的香港新詩帶來深遠影響。自五四新文學運動開展以來，香港透過與廣州、上海等地的貿易連繫，除了主要的一般商品轉運，也從內地輸入不少新文學書刊，香港讀者可以在書店購得內地出版的文學書刊，其中特別以上海的刊物最受青年讀者歡迎，李育中在一次訪問中，特別提到他們那一輩青年，如何接受上海文學書刊的影響：

我早年受上海文學影響，像創造社、文學研究會的主張。1927、1928年我讀了魯迅的《熱風》和創造社作家作品，還有文學研究會作家在《小說月報》的小說。那時丁玲、沈從

> 文、巴金剛發表小說，我是充分接受其影響的。我比較喜歡沈從文的作品，而巴金的小說則只喜歡他最早的《滅亡》。新詩方面，我欣賞戴望舒、艾青、臧克家的詩。當時《現代》雜誌是介紹現代詩最重要的雜誌，不少廣東的文學青年也有投稿。最初我寫的是散文，大約 1929 年，投到《大光報》的新文學副刊。在 1927、1928 年，新文學對青年來說是很大的鬥爭，新文學代表了新思想、新習慣和新的奮鬥。即使在工具使用上也是很大的分界。當時港澳的文學比廣州落後很多，仍使用文言文，青年人能用白話文寫作仍是不容易的。我走上文學的道路自然也是追求新的文化、思想。當時新文化新思想與新政治是聯繫著的，主要也是指國民黨、共產黨了。[8]

李育中一九一一年在香港出生，分別在澳門和香港接受小學和中學教育，三〇年代在港參與創辦《詩頁》、《今日詩歌》等刊物，他在訪問中提到的文學書籍，都是在上海出版，再運到香港銷售。其中對三〇年代香港新詩來說特別重要的刊物，是《現代》雜誌，不少香港以至廣東一帶的青年作者，都慕其名而投稿，包括李心若、林英強、鷗外鷗、柳木下、陳江帆、侯汝華等。這批作者在《現代》停刊後，部分人再投稿到由卞之琳、梁宗岱等人合編的《新詩》，以至蘇州的《詩志》、南京的《詩帆》、武漢的《詩座》等以現代派詩歌為主的詩刊物，參與三〇年代中國現代派詩歌的發展。

香港新詩沒有在五四新文學的發展當中真正空白，經過五四新文學運動的洗禮，二〇年代的香港延續了當中的論爭，對不同的論點有所回應有所補充，在創作上也嘗試過白話詩帶來的「詩體解放」，再轉而尋求其他形式。隨著五四新文學由文學革命走向革命文學，中國新詩分別走向藝術形式的探求和大眾化、回應社會訴求的路，三〇年代香港新詩也就當中的不同傾向作出回應、討論、支援和補充。

二

香港新文學的萌芽和發展，處於省港大罷工前後至魯迅來港演說的二〇年代中後期。一九二五年《小說星期刊》刊登許夢留〈新詩的地位〉及多位作者的新詩，那時《小說星期刊》出版至第二年，同年六月正值大罷工爆發，《小說星期刊》的停頓可能與此有關。[9] 省港大罷工結束後，在魯迅來港演說的一九二七年間，多份報紙的副刊陸續增設刊登新文學作品的版面，接受作者投稿。

從一九二七年《大光報》、《天光報》等報刊開始，報紙文藝副刊一直是香港新詩的重要園地，三〇年代中侶倫主編的《南華日報．勁草》、抗戰期間路易士（紀弦）主編的《國民日報．文萃》、十月詩社主編的《國民日報．詩刊》、戴望舒主編的《星島日報．星座》、葉靈鳳主編的《立報．言林》等報紙副刊都刊登大量詩作和詩歌評論。報紙副刊無疑是早期香港作者接觸文學的重要途徑，此外，從內地進口的書刊也擴闊了他們的視野。據侶倫的回憶，前文提及的萃文書坊，據說由曾經參加同盟會革命活動的人所開辦，除了一般課本和文具之外，還兼售新文化書籍和雜誌，香港的文藝青年可以在那裏接觸到內地最新的文藝刊物，[10] 一九三二年創刊的《現代》雜誌對香港作者的影響尤深。

三〇年代的香港詩人一方面接受來自上海的新文化薰陶，接觸《現代》雜誌中的都市詩，另一方面亦開始思考自己所身處的環境，借鑒現代派的技法或汲取都市詩表達理念的寫法，用於香港印象的觀察，寫作香港的都市詩。透過他們的詩作不但可略窺見早期香港的城市外觀，也可知早期詩人對都市的觀感，例如鷗外鷗一首副題為「香港的照相冊」的〈禮拜日〉：

株守在莊士敦道，軒尼詩道的歧路中央
青空上樹起了十字架的一所禮拜寺
鳴響著鐘聲！

電車的軌道，
從禮拜寺的V字形的體旁流過
一船一船的「滿座」的電車的兔。
一邊是往游泳場的，
一邊是往「跑馬地」的。

坐在車上的人耳的背後聽著那
鏗鳴著的禮拜寺的鐘聲，
今天是禮拜日呵！

感謝上帝！
我們沒有甚麼禱告了，神父。

本詩寫及電車，表面上看是用以襯托詩中的「禮拜寺」，實質上電車才是真正焦點。詩中所寫的「禮拜寺」，正是香港灣仔軒尼詩道與莊士敦道交界的循道衛理聯合教會香港堂，該堂於一九三六年落成，從此成為灣仔區的重要地標。〈禮拜日〉寫一座禮拜堂，但不是寫它的莊嚴和寧靜，而是突顯它的地理位置：「歧路中央」，把它安排在繁雜的都市中，兩旁是不息的電車，車上的人聽到禮拜寺的鐘聲，卻沒有改變他們既定的路程。

禮拜堂不是單純的建築物，它可以負載無數觀念層次上的意念，但這意念在本詩中卻被都市的交通蓋過，作者把觀看禮拜堂的目光集中在它的地理位置，為要突出禮拜堂與外在都市疏離的對比。「鏗鳴著的禮拜寺的鐘聲，／今天是禮拜日呵！」首句是來自禮拜堂的呼喚，次句是乘客的反應，結尾「感謝上帝！／我們沒有甚麼禱告了，神父。」再發展這反應，突顯該呼喚的徒然。詩中的乘客沒有回應教堂鐘聲的呼喚而下車去參加禮拜，但作者的用意不是反宗教，倒是寫出都市「非神性」的一面。本詩寫禮拜堂的呼喚沒有在都市的過路人中發揮效用，但不是否定禮拜堂背後的觀念，因這首詩表面上以禮拜堂為焦點，實質上是指向都市背後觀念層次上的思考。

另一例子是李育中，他在〈維多利亞市北角〉一詩，透過觀察的角度表達對都市的態度。〈維多利亞市北角〉寫位於香港島東北，開拓中的北角區，焦點從海岸碼頭、天空、遠山再返回電車路上的運煤車和工人，形成一邊是自然一邊是人工的對比，但作者在寫自然的部分，沒有浪漫化地讚美，詩中的天空被形容為「撕剩了的棉絮／好像也舊了不十分白」，遠山則「禿得怕人」，在另一邊，電車路上的運煤車寫成為一種建設同時也是破壞的力量：「雄偉的馬達吼得不停／要輾碎一切似地／把煤煙石屑潰散開去」，在這自然與人工的對比中，前者破舊，後者雄偉，作者認同的是後者，接著詩的結句「十一月的晴空下那麼好／游泳棚卻早已凋殘了」又從一個「雄偉」的景像回到有如起首的調子：一個凋殘的景像。結句時作者的態度好像變得不明確，但細看結句所寫的十一月游泳棚，實把中段的意涵進一步發展和明確化：「游泳棚卻早已凋殘了」指向的不單是景觀的描述，而是更包含了時間上的推移，即一個夏天時人滿的游泳棚，因季節轉移而熱鬧不再。把結句的時間推移意義連接中段的對比，可見出作者把自然景觀的改變，也比為一個因季節轉移而熱鬧不再的游泳棚，也可見作者對都市文明在景觀上的認同以外，另有時間上的認同。

鷗外鷗〈禮拜日〉和李育中〈維多利亞市北角〉二詩，以現代派詩歌對都市不太負面或至少是中性的描述態度來寫香港，而陳殘雲則代表比較接近左翼詩歌對都市持批判和負面描述的態度。

陳殘雲於三、四〇年代前後居住香港約有十年，但與不少從內地來港的作者一般，在有關香港的詩作當中，每多負面描寫，本卷所選錄的〈海濱散曲〉和〈都會流行症〉二詩所寫的都是香港，作者的態度不僅負面，且帶著厭惡、不屑和憎恨，在他的筆下，香港作為一個都市，狡猾、無恥、醜惡而且有病。

在陳殘雲〈都會流行症〉一詩當中，描繪的是一個形容為有病的都市：「都會是狡猾與無恥／哭泣，歡笑，飢餓與徬徨／呵呵！都會的流行症／長期的都會流行症」，都市在發展過程中自有不少負面的問題，陳殘雲把當中的問題形容為一種「流行症」，都市男女的享樂生活則是病態的表現，然而這有病的描繪主要還不是都市本身問題，關鍵實在於作者的選擇角度：「白日看不見太陽／夜裏也看不見月亮／人永遠在黑暗中／都會永遠在黑暗中」，都市在作者眼中本是一個異化的地方，但他選取「白日看不見太陽／夜裏也看不見月亮」這樣的觀察，突出不健康的、日夜也無光的觀感，實是一種「再異化」的處理，即把一個看來負面的現象進一步突顯，從而加深負面的程度。〈都會流行症〉對一個病態的都市有不少寫實描述，但本詩最令人著目的反倒不是那都市現象的寫實描述，而是作者在觀念上對都市的強烈厭惡和徹底否定的感情。這感情在另一首寫於一九四一年的〈海濱散曲〉中有更明確的呈現。

陳殘雲於〈海濱散曲〉詩末署「一九四一年初秋於香港」，之前他到桂林工作約一年，寫這首詩時剛從桂林再到香港，陳殘雲雖由三〇年代已間歇地在香港生活過，但始終沒有認同感。香港這都市在作者筆下，不但「狡猾」、「無恥」、「醜惡」而且有病，更甚的是，在〈海濱散曲〉詩中，該病已由一種流行病演變成「勢利的病態」，以至更具有厭惡和詛咒意味的「梅毒」：「而你醜陋的充滿梅毒的島／你島上的不要臉的狗」，作者的描寫不單負面，而且正如第一組詩的首句「吐一口憎恨的唾沫」和第三組的結句「我憎恨地望著／暗啞的海岸的燈」，作者對都市厭惡、不屑、憎恨之情更清晰可見。

陳殘雲對都市的負面批判，其實亦可見諸其他三、四〇年代的左翼詩歌當中，如黃雨〈蕭頓球場的黃昏〉、〈上海街〉、沙鷗〈菜場〉等等。他們對都市的否定，不單純是否定它的外觀或基於現實層次上的不滿，而是更從意識形態上否定都市背後所代表的資本主義文明。

三〇年代的香港新詩，有現代派風格，也有寫實主義取向，對都市的描述有認同、反諷，也有批判。本卷所選錄的鷗外鷗〈禮拜日〉、〈和平的礎石〉、李育中〈維多利亞市北角〉、陳殘雲〈海濱散曲〉，以至劉火子〈都市的午景〉、袁水拍〈梯形的石屎山街〉、〈後街〉、何涅江〈都市的夜〉、黃雨〈蕭頓球場的黃昏〉、〈上海街〉、沙鷗〈菜場〉等詩作，除了記錄已消逝的三、四〇年代香港都市風景，留下歷史見證以外，更看到詩人如何以都市作為理念的載體；讀者從不同角度閱讀，將有不同的發現。

三

一九三七年抗戰爆發，上海、武漢、廣州等地先後失守，大量人口播遷大後方的重慶等地，一九三八至四一年間的香港也聚集了大批文人作家，繼續以香港為抗戰文學的根據地。原在上海的《大公報》、《立報》和《申報》，一九三八年相繼在港復刊，同年香港《星島日報》和《國民日報》創刊，這些報刊都成為抗戰詩歌在香港的重要園地。

除上述報紙外，《大眾日報》、《華商報》、《中國詩壇》、《文藝陣地》亦發表了不少抗戰詩和相關的評論，這時期先後從華北、華中等地南下的作家，聯同本地作家分別成立了香港中華藝術協進會、中華全國文藝界抗敵協會香港分會（文協香港分會）和中國文化協進會等作家組織，[11]除了興辦刊物、發表抗戰詩和詩論之外，也舉辦過一些響應抗戰的詩朗誦活動，直至一九四一年十二月香港被日軍攻佔後，部分作家再由香港轉移至桂林等地。其間，不論是本土作家或南來作家，都以詩歌響應抗戰，如徐遲〈大平洋序詩——動員起來，香港！〉、袁水拍〈勇敢的，都走了〉、黃魯〈遠方謠〉、亮暉〈難民營風景〉、楊剛〈寄防空洞裡的囚徒〉、淵魚〈保衛這寶石！〉，更為抗戰時期的香港以至一九四一年十二月間受日軍轟炸初期情況，留下不可磨滅的記錄。

戰後，一九四六至四九年間，由於國共內戰，再在大批作家南下香港，當中有許多都是逃避國民黨迫害和追捕的左翼詩人，包括臧克家、黃藥眠、鄒荻帆、樓棲、薛汕、戈陽、黃雨、陳殘雲、黃寧嬰、呂劍等等，他們一方面在遷港出版的《中國詩壇》、《文藝生活》、《新詩歌》等刊物上發表詩論和詩創作，另方面亦經常在《華商報》、《文匯報》副刊發表作品，促成四〇年代香港左翼詩歌的勃興。

戰後香港詩歌延續了抗戰以來的政治性取向，並在整體上與內地的左翼詩歌密切相關。茅盾在一篇回顧左翼文藝的文章中，亦把香港納入國統區的範圍討論，認為當時香港的文藝取向與國統區左翼文藝一致地以「打破五四傳統為模範」，一方面追求「民族形式與大眾化」，另一方面接受解放區作品影響，創作方言詩，打破「小資產階級知識份子的趣味」[12]。

戰後左翼文人來港，延續在內地被禁的刊物和文藝取向，戰後香港左翼詩歌的範式，無疑來自內地，然而其影響也返回內地，如茅盾所說：「一部分到了香港的文藝工作者在反帝、反封建、反官僚資本主義的總目標下進行工作，所起的影響不僅限於海外各地的華僑，而且還滲透了國民黨反動派封鎖而到達國統區的人民大眾中間」[13]。

戰後香港左翼詩歌的獨特之處，是它同時具有國統區和解放區詩歌的特點，既有「翻身詩歌」、方言詩，也有城市諷刺詩。「翻身詩歌」以農村現實為題材，方言詩則吸收龍舟詞等廣東民間曲詞，方向與解放區的新民歌取向類近。黃雨、馬凡陀（袁水拍）同樣都寫過國統區流行的城市諷刺詩，其中馬凡陀的諷刺詩同時在香港與上海受歡迎，用於群眾運動當中。然而左翼詩歌特別是戰後的左翼詩歌，並不僅是一種形式，而是具有強烈的政治色彩，與戰前香港的寫實主義詩歌比較，如劉火子〈都市的午景〉、袁水拍〈梯形的石屎山街〉、何涅江〈在某機器鋸木廠裏〉等詩作，是以反映現實為基本目的；而戰後香港左翼詩歌同樣重視寫實主義的淑世精神，卻不以寫實為滿足。呂劍指戰後詩歌的主題，在諷刺和抒情以外，提出以「鬥爭」為新的主題，[14]這「鬥爭」就是一種政治性的目標，也是這時期左翼詩歌的最終目標。如果寫實、諷刺和抒情還具有一點文學性的要求，「鬥爭」則離文學更遠，正由於此，戰後香港左翼詩歌比三〇年代的寫實主義詩和抗戰詩更不重視文學性的表達，而是以「鬥爭」為最終指向。

在劉火子、袁水拍、何涅江寫於戰前的寫實主義詩作當中，由於反映現實的對象包括香港的工人、基層市民和城市現象，雖然作者在意識形態上未必認同香港，但其詩作還可略見一些本土性的特色。在這方面，即地方性的本土關懷上，戰後香港左翼詩歌的表現又如何？在形式和題材上，香港左翼詩歌有不少本土的面貌，如方言詩在形式上即運用大量廣東方言、俚語入詩，但其題材是以廣東農村為主。如呂劍所說，「方言文藝首先是為工農兵而作」「一方面是寫給農民看，為農民寫，一方面是寫給城市的讀者，反映農村的鬥爭」[15]，真正描寫香港的不多，而且以政治掛帥、功能性為主要取向，方言僅作為手段，並未真正關注地方文化。城市諷刺詩則為爭取工人認同，在「鬥爭」為最終指向中，香港城市作為批判對象，作者本人及其引導群眾目光所指向的，是內地的即將解放的時空，而視香港為臨時和過渡性質的地方。

以上是戰後香港左翼詩歌的基本特色，歸結是一種具有強烈政治取向的詩歌，正如茅盾所說，它的影響力不限於香港本土，並且「滲透了國民黨反動派封鎖而到達國統區的人民大眾中間」，這可能也正是它的真正目標。戰後香港左翼詩歌可說完成了它政治功能上的「任務」，它們的文學可讀性或許不高，但放諸戰後整個中國新詩的發展中，實具特殊的歷史意義。

四

以上簡述一九二〇年代至四〇年代末的香港新詩發展輪廓，乃讀者閱讀本卷時必須了解的，本卷編選時亦盡量選入能代表不同時期的重要作品。《香港文學大系·新詩卷》旨在以大系的規格，選錄一九四九年以前在香港發表的新詩，根據目前所見的文獻資料，本卷實際選錄一九二五年至一九四九年的作品，橫跨戰前時期、抗戰時期與戰後初期的不同階段，編選原則是兼容不同時期的各種流派和風格，藝術價值與文獻價值並重。

香港文學資料，特別一九四九年以前的新詩史料長年缺乏整理，搜集不易，前人整理研究的成果，特別值得珍惜。二十世紀九〇年代末以來，黃繼持、盧瑋鑾、鄭樹森三位學者編成《早期香港新文學作品選》、《早期香港新文學資料選》、《國共內戰時期香港本地與南來文人作品選》、《國共內戰時期香港本地與南來文人資料選》等書，有系統地輯錄早期香港文學作品和史料；黃康顯《香港文學的發展與評價》（香港：秋海棠文化企業，一九九六）、葉輝《書寫浮城：香港文學評論集》（香港：青文書屋，二〇〇一）二書亦對早期香港新詩作出了開創性的論述。此外，編者本人二〇〇三至二〇〇四年所編的《三、四〇年代香港詩選》和《三四〇年代香港新詩論集》都是建基於以上前人學者的研究成果。

編選《香港文學大系·新詩卷》時，編者根據目前已知的線索，重新檢閱大量早期報紙副刊、文藝雜誌和詩集單行本，有感於香港新詩的文學和歷史價值，遠比我們所想像的還要豐富許多，其意義關乎香港本土，亦超乎香港本土，作品收錄於本卷的作者，雖然大部分在現存大多數的現代文學史上名不經傳，但他們都可說從香港的角度，參與大範圍下的中國新詩或稱「現代漢詩」的發展，只是欠缺相關的史料整理和論述，致使其作品長期湮沒無聞。本卷限於篇幅，仍有許多作品未及選錄，難以全無遺漏，期盼一般讀者透過本書，可認識早期香港新詩的發展輪廓，而有心鑽研的學者，亦可根據線索作進一步研究。

二〇一四年五月

註釋

1 朱自清〈選詩雜記〉，《中國新文學大系．詩集》（上海：良友圖書，一九三五），頁一五。

2 參沙東迅《五四運動在廣東》（北京：中國經濟出版社，一九八九），頁一六八—一七〇。

3 陳謙〈「五四」運動在香港的回憶〉，《廣東文史資料》第二十四輯（廣州：廣東人民出版社，一九七九），頁四五。

4 侶倫〈香港新文化滋長期瑣憶〉，侶倫《向水屋筆語》（香港：三聯書店，一九八五），頁六。

5 L.Y在《小說星期刊》第十四期發表白話散文〈夜行堅道中迷途〉，文中提到從半山往下望，見到海灣、電燈和屋宇，推斷作者至少曾居於香港。許夢留則在《小說星期刊》第一年第一期發表的〈新詩的地位〉一文，提及本身是粵籍。

6 黃守一〈我對於本刊之願望〉，《小說星期刊》第一期，一九二四年九月。

7 許夢留〈新詩的地位〉，《小說星期刊》第二年第一期，一九二五年三月。

8 梁秉鈞訪問、黃靜記錄〈李育中訪談錄〉，收錄陳智德編《三四〇年代香港新詩論集》（香港：嶺南大學人文學科研究中心，二〇〇四），頁一三七—一四二。

9 有關《小說星期刊》及許夢留〈新詩的地位〉，可參陳智德〈五四新文學與香港新詩〉，見陳智德編《三四〇年代香港新詩論集》（香港：嶺南大學人文學科研究中心，二〇〇四），頁一四六—一五七。

10 侶倫〈香港新文化滋長期瑣憶〉，侶倫《向水屋筆語》（香港：三聯書店，一九八五）頁六。

11 相關討論詳見盧瑋鑾《香港文縱》（香港：華漢文化公司，一九八七），頁五三—一〇七。

12 茅盾〈在反動派壓迫下鬥爭和發展的革命文藝〉李何林等著《中國新文學研究》（北京：新建設雜誌社，一九五一），頁一三七。

13 茅盾〈在反動派壓迫下鬥爭和發展的革命文藝〉，《中國新文學史研究》頁一三五。

14 呂劍《詩與鬥爭》（香港：新民主出版社，一九四七），頁五七—六一。

15 黃繩〈方言文藝運動幾個論點的回顧〉，中華全國文藝協會香港分會方言文學研究會編《方言文學》第一輯（香港：新民主出版社，一九四九），頁三〇。

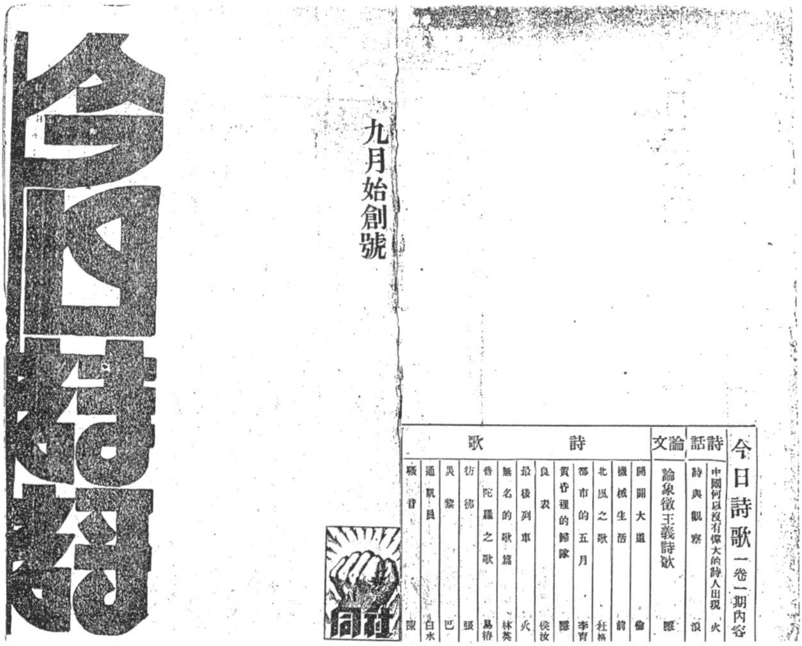

今日詩歌一卷一期內容

詩話

中國何以沒有偉大的詩人出現 火
詩與觀察 浪

論文

論象徵主義詩歌 隱郎

詩歌

開闢大道 倫
機械生活 前
北風之歌 杜格
都市的五月 李育
黃昏裡的歸隊 隱郎
良衣 侯汝
最後列車 火
無名的歌篇 林英
普陀羅之歌 易椿
彷彿 張
哭黎 巴
通訊員 白水
驟音 陳

• 《今日詩歌》始創號，一九三四年九月出版，是香港最早的新詩刊物之一，由劉火子、戴隱郎、易椿年等青年詩人創辦。

• 《中國詩壇》新二號，一九三九年七月七日出版。該刊原於廣州出版，一九三八年十月廣州被日軍攻佔後，由陳殘雲、黃寧嬰等遷港復刊。

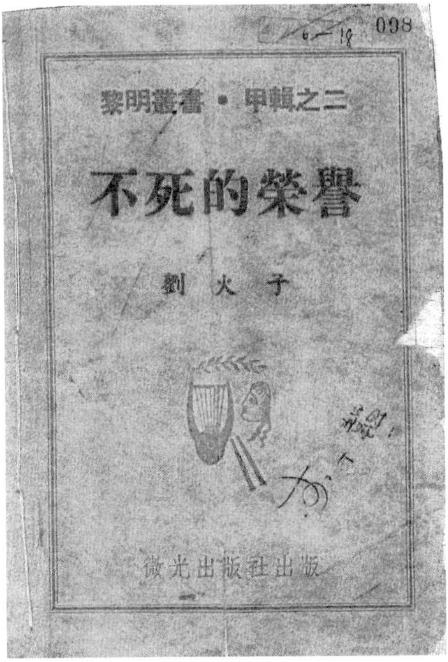

- 劉火子詩集《不死的榮譽》，一九四〇年由微光出版社在香港出版。
- 馬蔭隱詩集《旗號》，一九四八年由生活書店在香港出版。

• 《星島日報·星座》版頭，一九四一年十月六日。由戴望舒主編。

• 《南華日報·勁草》「詩專號」版頭，一九三四年十二月十五日，刊出劉火子、戴隱郎、李育中、易椿年等人的詩作。

● 《大眾日報‧文化堡壘》「詩的專號」版頭，香港中華藝術協進會主編，一九三八年七月二十日。

● 《國民日報‧木刻與詩》第一期版頭，全國木刻協會香港分會及香港十月詩社合編，一九四〇年十月廿七日。

目錄

L.Y.

暮色

蔚藍色的天，
襯着眼灰色的浮雲；
從遠遠地騰起幾縷炊煙，
繞撩了晴空，
蔭翳地粧成蒼茫暮景。
林杪的新月，岡頭的落霞，
黯淡地遙相輝映着。
那漫吟的歌聲，
和颯颯的秋氣相應；
謳歌暮色嗎？
凄切的欷歔！

選自一九二五年一月十日
香港《小説星期刊》第十六期

玫瑰花

嬌滴滴的花，
綠油油的葉，
不曉得埋藏着千萬把鋼刀呢！
香，江，美麗，
你被她引誘，
即要刺破你的指頭，
咦！她也值我流血麼？

選自一九二五年三月二十一日
香港《小説星期刊》第二年第二期

許夢留

慰安

「他們把我趕出這個世界，
呵，那荒涼的只有我一個。」
朋友呀，
這能完成你的渴望，
荒涼又何妨？
山花含笑飄搖，
一些不點綴，
終掩不了牠的芬香。
雋逸而跌宕的幽谷，
蒼松掩映。
細碎的銀波閃閃，
美曼而清爽的歌聲低唱。
這不是「自然」的美意？
這不是理想的仙鄉？

莫戀那人間，
那罪惡而墮落的網。
朋友喲，
倘這不是幻想，
荒涼又何妨？

選自一九二五年三月二十八日
香港《小說星期刊》第二年第三期

靈谷

雜詠三首

秋天

秋天挾了悽然的心境前來，
只吼怒的北風會把牠們吹去。
一切凋零與萎逝是何等可愛喲，
唯有在垂危的生命纔最令人難過！

海潮

海潮兒激衝着歧危的石巖，
濺起了白沫向空中高高地飛翻，
石巖雖是壯偉而不受些兒所動，
只是海潮卻永久不想找尋牠的幽閒。

詩人

把妙媚的生命寄托了流水，
永遠地漩轉，永遠地緩急的前行。
是壯烈又是柔婉，是沉寂又是顫鳴，
宇宙的寬大無邊喲，只渺渺的一角心聲。

一九二九，八，廿九作

選自一九二九年九月十五日
香港《鐵馬》第一期

李心若

秋雨迷濛

秋雨迷濛，
我獨個兒在郊野遊蕩，
大地全失了顏色，
四圍的山兒籠了紗幕重重。

秋雨迷濛，
繽紛地隨着長風，
昔日的羊群已不見，
也不見那吹笛狂歌的牧童，
我彷徨着；
但不是迷路，
為的我憑弔在這裏夢過的夢，
在昔那幽秀的山頭上，
綠蔭裏我和她細語噥噥，
我記得曾掇拾野花朵朵，
為她編了一個花圜，
我還憶起；
憶起她報我的嫣然淺笑，
當我說：「我無長物，
姑以此表我底心衷。」

如今一切都變了，
那山頭也不復如昔之葱蘢，
我倆的雙影也不會重現，
為的已是勞燕各西東，

在那裏我呆立任風吹雨打，
未嘗流淚也未嘗笑，
萬事皆完了，只餘呵！
前影憧憧，
我凄然彳亍沉寂的歸途時，
只有遠村悠遙的雞鳴；

一聲聲的相送，
秋雨；
秋雨還在繽紛迷濛。

十六・十二・十八・

選自一九三〇年四月
香港《英華青年》

工人老金

哀哀的機聲似訴着我的悲哀，
點點的蒸氣水似代灑我的淚，
我的手為長時間的工作麻木了，
然而還聽監督叱聲，
一陣陣從我背後飛來！
今日我的孩兒們怎樣？
晨光熹微中我便忽忽向廠裏去，

他們的惺忪醒態我久不見，
更沒有時候親親他們天真的臉，
呵！我的工作不是不勞辛，
為什麼〔我〕的酬報卻這樣貧！

勞苦的工作憔悴了我麼？
飢餓驅着我已沒心顧慮，
我只希得多些工錢，
好好地把我的孩兒們養大起來，
他們一個個是我的希望，
希望他們有日減輕我現在的責任，

我記得病了三天，
昔領得的工金已用完，
孩子們向我索食，
聲聲說餓，已餓了一天，
當時真想把棉被當掉，
但想一想：難道可不用棉被在這寒天？
至今我還留着他們飢和淚的眼的印象，

偶念他們時，
它便湧在我目前！

選自一九三二年一月七日
香港《南強日報・鐵塔》

歸輪中

黃紫藍的天，黃紫藍的水，
紫黃間一顆頹紅暗示着⋯⋯
於是，我遂央求：
「船！快斂了銀銀的尾巴吧！」

誰也知道衣錦與落魄的
到家時所要忍受的吧，
而不應這樣而是這樣的
恐怕所受的也相同吧，
誰說這不是平凡而永恆的悲哀呢？

航我到無人的島去吧！
那兒有尚可忍受的炎涼哪，
但數次的紅燈挨着紅燈而過，
準的航線勒死我的希望了！

選自一九三三年十一月
上海《現代》四卷一期

渡

白頭浪，白頭浪，白頭浪上
有促舟子白頭的風啊！
一任船是多麼小吧，
一任水底舞着蛟蛇萬千吧，
我仍要果敢地渡過去。

我何時不是在洶湧中渡着呢？
在人海我受盡顛簸與衝擊。

機巧的渡着的有福了，
而正直的渡着的卻不然。

理智會令我成一機巧的舟子呢，
而我純潔的心卻令我不能，
機巧的去渡着嗎？
我企候我因正直的渡着而得的覆滅啊！

一任暗流多急浪多猛吧，
一任不順水性的舟子會覆滅吧，
當我飽嘗人海的波濤的虐弄的時候，
當我滅頂的時候，
我仍要洪唱着正直地的掙扎之歌啊！

選自一九三三年十一月
上海《現代》四卷一期

杜格靈

秋的村

秋天的村——
秋天的河：
浸着白石的橋，
浸着橋頭的稻稾，

雁來了，
從遠遠的疏林溜來幽幽的聲。
雁去了，
祇從雲裡留下一僂哀鳴，

秋天的天空青青，
秋天的河水青青；
青青的水面流着一點黃葉，
黃葉上面逐着一挺青蜓。

紅色的江岸紅色的荻花！
紅色的斜陽浸着蛋家，
炊煙前面流過星似的柳絮，
高撐的漁網罩下一朵孤霞。

選自一九三三年廣州《東方文藝》
第一卷第五至六期

悒鬱的琴

薄暮的蒼穹——
口腔似的
壘壘的墳塋
像腐壞的飽子

深秋客夜
聽——
敲柝的人
踏着落葉莎莎

枯悴的楊枝
像鬼爪一般
撩過我的鬢

把那掉下來的蟬
埋在夕陽下的客路吧

殘月未收
白葉上淌着露珠
昨夜母親的臉呵

狂吠
像是北風
冬天了麼

我是公家的琴麼
為甚麼
總躲不開悒鬱來彈奏

選自一九三三年十月十五日
香港《小齒輪》創刊號

北風之歌

北風噴吼如狂濤
巍站雲前發浩歌
滾滾滾滾　滾滾
我愛閃星明月松雲

我冀毀滅　我冀毀滅
我冀成灰　我冀成灰
灰飛飛　灰飛飛
飛飛灰　飛灰灰
飛入溟溟裡

且披起深灰色的袍子
踏入沉沉的黑夜
思想着　漫步着
天空　大道　遠遠近近的
山呵　林　河嶽
一切　一切　一切

一切把我侵溶

浩茫茫的海　滾滾的　滾滾的
右冬的雪花　春之丘陵
雄渾的音樂　洶洶湧湧的聲
可愛呵　綠之美麗　白之光潔
快穿上碧水色的衣裳吧　我
跳入那雄渾

暖　天　天清清
深深的　深深的無際無邊
迴翔着有白鳥　飀飀然一縷煙
砍開枷鎖　所有的枷鎖　枷鎖　砍開了呀
放逐出靈魂
呵呵　天清清　天清清
白鳥輕如煙

噢　我知道
是萬彙的世界　世界有萬彙

神永存在　神永存在萬彙中
蜉蝣　落葉　微煙
有靈魂　都佔有着靈魂
我成灰吧　讓我成灰吧
飛入　飛入飛入所有的靈魂裏

北風　你如今狂吼
把我的心門湧開
滾入呀　滾入所有所有
宇宙之萬彙與神秘

選自一九三四年九月
香港《今日詩歌》始創號

巴度

賣報的孩子

「XX，XX報，一仙一張」！
賣報的小孩的一闋歌，
沒有誑言吸引過路人，
也沒有造謠欺騙讀者；
兩只眼睛掛着兩堆歡喜；
一包糖，母親的懷抱；

「XX報一仙一張，XX」！
一個晚上，又一個黃昏。
——和平之神在魔宮哀鳴，
——資本主義者已走到
了最後的階段；
年輕的孩可曾聽見；
時代之輪轉捩的巨響。

一包糖是血和汗的混合，
一頓飯有無數的吶喊，
勞苦的群眾在奮勇地推
動着時代之輪，
孩子應該明白你的行列。

「XX，XX報，一仙一張」，
一個晚上，又一個黃昏。
時代之輪不住地轉着，
轉着，
一包糖，大眾的安息。

一九三三年七月二十七於香港

選自一九三三年十月十五日
香港《小齒輪》創刊號

林英強

生之重荷

背負着一塊石碑，
踏上陰濕的路途，
穿過了紫陽花叢，
紅罌粟掛於峻峭的壁上。

豈料昏暮殮了金陽，
迷路困於黑暗之峽了，
無巴蜀道之江州車，
再能登涉崎嶇的山徑嗎？

石碑緊壓老骨了，
無須發勞頓的歎息，
但望此地有毒蛇前來，
為我營造滿意的窠窟。

選自一九三四年一月
上海《現代》四卷三期

無名的歌篇

剖示世界之神秘，
入於我無名的歌篇，
自知筆調過於憂傷，
消損盡以往的豪念。

那些是絕不顧惜，
衹望生命再延拖一時，
讓我可透澈這世界——
多成數頁的詩章。

但願昏暮之年，
把詩譜入了歌調，
手中只須拉一支小提琴，
白髮皓皓作遊行的唱詠。

我決心以自己的歌
感動人類之外的——
金陽銀月與大澤巨川，

高山深谷和那勇猛的野獸。

選自一九三四年九月
香港《今日詩歌》始創號

遙夜

新月如娥眉之彎，
銀光鋈上了繡簾，
金盞的酒濃，
像桃花潭的水色啦！

華燭的搖紅，
失顏更增艷澤了，
是只淺飲數盞，
已醉態闌珊哪。

歌絃的桑韻，
是壓下欲浮的幽怨：
流星是投之於
你輕移的嬌步呀。

閨閣起伏的，
不是纏綿的細語麼？
惟期啼雞，
莫再催促更漏了。

當不再怨這遙夜吧，
雖是粉薄香消了。
待天曙酒醒，
請你重作細工之晨妝。

選自一九三四年十一月十日
香港《南華日報・勁草》

吳天籟

白雲深處

那白雲深處的，
不是嗎，我的家？

蜿蜒的紅紗燈的圓波裏，
青春，輕輕地捱過。

慈祥的母親的懷裏，
我的啼笑是有寄託的。

如今，顛頹了，
銀鬢的母親。

可不是我的家嗎，
在那白雲的深處？

九，二八，二二，香港。

選自一九三四年一月
上海《現代》四卷三期

雨

瀟瀟的雨是恨人的
淒冷的長街悄無人行
燈台的燭搖搖垂淚
顛簸的征魂是甚麼顏色呢
無邊的落葉
馱着灰闇的人世
擊筑落月的豪俠
今夜已是白髮三千丈
Trochaic 的調子
心上簷溜的滴答呵
輕輕地把簾子拚上

窗外的雨是恨人的

選自一九三五年一月
香港《時代風景》第一期

牧女之歌

十月的園林葉落了
牧女的心
陰闇得可怕

短音階的絕唱
能喚回過去的五月嗎
聖瑪利溫暖的手移過別人了
秋風悄悄帶去了好日子
今年留戀甚麼呢
十月的園林葉落了

選自一九三五年一月
香港《時代風景》第一期

SENSUALISM

色士風飄起
Allegro 女人誘惑的股顫啊
霓虹　瘋魔的眼　強烈地
染透了少年紳士的心
少年久感髀肉復生了
掌上遂胴體的舞
九月螽斯的雄舉
說不定殉情於雌的腋撫下
則勝利者遂闊步而舞
Neo-Sensualism 的胴體的舞哪

選自一九三五年一月
香港《時代風景》第一期

李育中

都市的五月

皮革的鞋
瀝青路溫柔地承着
艱辛跋涉的行脚

火熱的太陽
照上孤露的人巢
又落在白巴拿馬帽簷

烘熱的風包圍着
倦怠了的電動扇

浮沉冰塊的流質
駁上一枚腥紅的溫唇
該要進去撫她枯焦了的心

歇歇吧
卸下二百斤的重負
兩個學徒灌了碗酸的糖漿
好去製他如豆的大汗

選自一九三四年九月
香港《今日詩歌》始創號

維多利亞市北角

蔚藍的水
比天的色更深更厚
倒像是一幅鋪闊的大毛毯
那毛毯上繡出鱗鱗紋跡
沒有船出港
那上面遂空着沒有花開
天呢却留回幾朵
撕剩了的棉絮
好像也舊了不十分白

對岸的山禿得怕人
這老翁彷彿一出世就沒有青髮似的
崢嶸的北角半山腰的翠青色
就比過路的電車不同
每個工人駕御的小車
小軌道滑走也吃力
雄偉的馬達吼得不停
要輾碎一切似地
把煤煙石屑潰散開去
十一月的晴空下那麼好
游泳棚却早已凋殘了

十一月一日

選自一九三四年十二月二十九日
香港《南華日報・勁草》

路工讚頌

鐵路，
這運輸的命脈，
抗戰期堅強的肢手。
敵人，
不斷的威嚇與轟炸，
英勇的路工，
這真正的民族英雄，
宣誓着：
「與鐵路共存亡！」
保衛她，救護她，
把她重新扶持起來。

路工，
這一一五〇〇〇條好漢，
三七五〇〇哩路，
他們用血肉填補。

四個月，
一百三十路工，
殉他們的職守；
敵機的凶殘，
全民的憤怒。

路工，
用生命沉着工作。
辛苦緊張，
全民的讚頌。

選自一九三八年四月二十八日
香港《立報・言林》

易椿年

普陀羅之歌

鎮壓鄂霍次克海的冷風
把熱情帶給愛斯蘭島
這不是你馳騁於大漠的蹄風嗎
可是印度洋的聲聞不再
恆河再沒有古昔的光華
環首今日這變色的山河
你亦有竦然之感啊

生命線在壓搾者的鎔蝕下腐蛀了
從你有漠然的悲哀的風格上
從你開遍於鐵色的皮膚的血花上
從你有催淚性的風熱的瞳子裡
嵌着白色的人影的傲慢
嵌着白色的人影的嘲笑
嵌着單眼鏡的紳士的手杖的影
嵌着穿上血裙的皮鞭的舞蹈
於是在路心的交通站的崗席下
在巍峨聳立的大廈的門前
在有規律的和諧的脚步間
踏出綿綿的故國的遐想哪
凝結在眼睫間的淚珠
模糊地隱映着家鄉的風景線了

鐵蹄雖密踐你的軀體
但鐵色的普陀羅的奴隸們啊
沉着吧　切莫把
加爾各答的華夢
在荒蕪的腦裡麼碎啊
壓搾者的鞭撻
和勝利者的揶揄
你是熟悉了
開在鐵色的皮膚上的血的花朵
這是你未來的勝利的象徵啊

興都庫什山的雄風已飃起啊
且開始你進行的步伐吧
赤道壯烈的太陽等候着
恆河的浩蕩的熱浪迎迓着
鐵色的普陀羅的奴隸們啊
儘管那壓搾者的威脅吧
這地球正陷於風天的沙土裡
還不是你揭竿而起的時候嗎
請諦聽遼遠的家的笛曲
傳來宛如颾風的進行的訊息呢

選自一九三四年九月
香港《今日詩歌》始創號

夜女

紫色的晚街上
又浮着你沒有音符的步履了。
姬姬，你是諦聽那佻達的
晚風的歌吹嗎？
你太忙的感覺裏
鑲着水兵的大領子的影，
垂着帽簷的人的徘徊，
插着褲袋的人的口哨，
和印度人的性感的笑臉；
於是一滾滾的煙圈
又在闇澹的路燈下
撿拾着昨夜殘餘的希望了。
你的含愁的臉，
雖織綴以歡笑的顏色，
但當你想起母親和發霉的家時，
你的脂粉顫落了；
從你的一雙眼
我想起歐羅巴十月的濃雲。

而牧歸的戀笛呢，
葡萄樹下的年青人呢？
在風之蕭索裏

雨之淒淋裏，
這朦朧的往跡
會使你可望不可即嗎？
但在陌生人的擁抱上
切莫觸動你的心弦。

有着鄉土味的嬌慵的病意
已被積重的生活壓碎了；
街頭雖有揶揄的眼光和話語，
但你的耳目已密織了。
奈不幸者的最後的梯層上
也踏着法律的足印！

趁着晚燈交響迷人的小夜曲時，
你又抖擻那夢樣的華服
找尋生命線的連續物了。
姬姬的嘴唇上
永遠地流迸着，流迸着
幸福的哀歌。

十月於香港

選自一九三四年十二月十日
北平《水星》第一卷第三期

青色的婦人

幽幽的夜色下
我有一雙幽幽的眼
讓我的手按着你的手
今夜的希望應該着些什麼顏色呢
迴旋在這龍鍾的世界的風
迴旋在那高不可攀的天堂的風
佻達的笑是太青色了

要告訴你的是什麼嗎
悠寂的四壁下
我跋涉的夢開綻了
我跋涉的觸覺的夢開綻了
一個舊遊地的過客
一闋歡迎來者的甜曲是不要慳吝吧
但悵惜的是竟成泡沫啊

也許你的，體會留住我的鬚髮
但我的青色的記憶呢
我的青色的觸覺的記憶呢

選自一九三四年十二月十七日
香港《南華日報·勁草》

金屬風——防空演習印象

金屬風迴然地起了
夜空上有餓鳥的聯隊飛過
狠狠地　要掠噬什麼呢
同樣是餓的群
我們是一無所有的呀
如夜空之一無所有

你掉下的是什麼啊
青的花還是紅的花
但休向我們掉了
老實說　我們再沒有戀花的心情

地角的幾道白光
幹嗎在夜空上疲於奔命呢——
哦　縱與橫的光與影的錯綜裡
隨着金屬風而迴然的
果真是餓鳥的聯隊嗎
是的　牠是比餓鳥的聯隊更使人可怕的
金屬風
我們却是在期待　迎迓你的呀
因為你會帶一陣漫天的風沙來

浣洗這塵封的宇宙的

將在漫天的風沙裡吧
將在叫囂　騷動的金屬風裡吧
我們向踱蹀於土堤上的影取回了記憶
我們向逡巡於起伏的背後的影取回了
　記憶
還有在起重機下揮着鞭子的人
還有在石子堆邊舞着竿子的人
這些都是押下了我們的記憶的

於是在叫囂　騷動的金屬風裡
於是在漫天的風沙裡
我們認識了希特勒底
我們認識了慕索里尼底
認識了羅斯福底
認識了荒木底
於是我們在漫天的飛沙裏
在叫囂　騷動的金屬風裏

突出了集團底旂！
突出了集團底旂！
在叫囂　騷動的金屬風裡
於是我們在漫天的風沙裡

今夜　叫囂　騷動
金屬風迴然地起了
（天上的餓的群咆哮着）
是徵示着世紀的末日嗎
在我們（地上的餓的羣哪）——
不　是「明日」！

選自一九三四年十二月二十一日
香港《南華日報・勁草》

倫　冠

開闢大道

只有鋤響　沒有人聲
廿八磅鐵錘　斷續不停
十噸重壓機
壓着千百個開拓者的背影

暴戾的騎者指着未開闢的路線
叱吒着期限　期限只有三天
這回可算沒有鞭撻
可是心頭却比鞭撻還痛

我們鋤平不平的大道
贏得我們心裡的不平
等到騎者跑開以後
我們再來商榷我們的路線

選自一九三四年九月
香港《今日詩歌》始創號

催迫

這荒落的山邱
溪澗架上木橋
沒有路徑的地方
闢建着樓房

視生命之卑微
誰管日落而歎息
無語踏入未固的三和土
深深印上一個足跡

不如借夜工的燈火

回覆他們的催迫
愈痛苦的事
愈罪惡的身呵

選自一九三四年十二月十五日
香港《南華日報・勁草》

張弓

都會特寫

虹似的：PRINCE; DUKE; KNIGHT;
虹似地。（長胖的 BUSES 底肉底之徵逐喲）
1934，流線樣的車，撒下
"HONEY MOON NIGHT"
"ALL BUSES STOP HERE"
冰島上的 PENQUIN 群。
STEAM 底熱，炙乾了瀝青上腳走之汗
　汁囉，
SEARCH LIGHT, SEARCH LIGHT 射穿雲
　底濃層。
匿在黑角落上的女人，漢子：
「當心，今晚月太亮了喲」

選自一九三四年九月一日
香港《紅豆》第二卷第二期

彷彿

我彷彿置身于黑夜的海上
黑暗層層包裹着我
看不見一些東西
但爭自由的波浪之怒號
像千軍萬馬之疾走
也像春天裏的旱雷
驚醒了我的蟄睡的心
我彷彿流連于蔽天的林裡
那兒沒有人類的足跡

只有禽獸在爭奪廝殺
但被狂風屠殺的落葉
在叫罵着切齒的言語
像烈士強項時的悲歌
激發了我潛伏的心

我準備着雄心和熱血
推湧朝暾之發動

選自一九三四年九月
香港《今日詩歌》始創號

街頭人

細雨已把你臉上的殘脂敲退，
在冷靜的街頭你還孤獨地徘徊；
亞威爾底情歌，
每夜在你耳邊掠過，這——
或許會贏得你一渦淺笑，
但深藏在你心底裏卻是無限的悲鬱。
街頭的年輕人呵！

在慘綠的幽光下，
當你被擁作迴旋舞的時候，
你會嫌怨白衣人的強蠻；
你會依戀孩時代的溫馨，
慈愛的母親底催眠之調，
還在腦海間繚繞。

別要因此而動了悲傷，
年輕的人呵！
該要當心你底眼淚
滴落白衣人的肩膊上，
使他覺到冰涼覺到不快之感。

細雨已把你臉上的殘脂敲退，
在冷靜的街頭你還孤獨地徘徊，
夜了，舞院的燈色已闌珊，

白衣人亦各擁所歡而散；
行吧！趁這寶貴的餘閒
你須要抖擻你底精神，
在這肅殺的雨道上，
找尋你底安息之所。

選自一九三五年三月一日
香港《南華日報・勁草》

劉火子

都市的午景

長短鐘針交指着正午的太陽，
說這是最平等的一瞬吧；
而地獄與天堂間的距離呢，遠着呵！

金屬的鐘音迴蕩於都市之空間，
一下，一下，緊敲着人們之顆心。
于是標金局裏的人散了，
堂皇的寫字間也空着肚子
看那意大利批擋的門階，
流注着白色的人流，
而雪鐵龍車子又把這人流帶走，
一隊，一隊，水中的游魚哪！
白色的人流把 Cafe 的肚子充實了，
豐滿的 Tiffin，奇味的飲品，
雷電播散着爵士歌音，
一口茶，一口煙，
笑語消磨這短促的一瞬。

金屬的鐘音迴蕩于都市之空間，
一下，一下，緊敲着人們之顆心。
于是煩雜的機聲戛然停止了，
黑洞洞的機房放走了人，
揩着汗珠，喘息！
低矮的門階，
流注着黑色的人流，
涼風拂去心之鬱抑，
才知到陽光那麼令人可愛！
肚子空了，走吧，
行人道上游着疲憊的人魚。

街頭，渠邊，蹲滿了人，
兩碗茶，一件腐餅；

耳間還留存着權威者么喝的厲聲，
一陣愁，一陣怨，
悲憤消磨這短促的一瞬。
長短鐘針交指着正午的太陽，
說這是最平等的一瞬吧；
而地獄與天堂間的距離呢，遠着呵！

一九三四，八月。

選自一九三四年十一月二十三日
香港《南華日報・勁草》

晨興

太陽從夢中翻了起來，
便瞪大了眼睛望着都市的巍樓，
聽說那是現代立體派的建築。
瞧那光潔的窗扉映着陽光燦爛，
紅粉色的窗幔迎着晨風飄舞，
我知到房裏的主人正還在夢裏開花。
市集開始鋪排了，
電車宛如殯儀館裏的喪車，
慢慢地在軌道上推移，
載在數十個怠倦的靈魂。
（數十個幸運的肖子）
當真！誰敢作這樣的冒險！
五個銅子已足夠一天的米糧，
衹怪自己不會投胎，
腳步生來，就要走動。
但不要再想下去了，奴才，
這時候還用得着嘆息嗎，
遙遠的汽笛聲響得透徹了，
路怪長，你還得要趕快一程，
免再遭人家的白眼，還要被尅扣人工，
但要提防，
那些汽車是沒有眼睛的瞎跑。
霓虹燈收斂了光芒，

飯店門前冷靜得可怕。
一個妙齡少女急急的出來
又急急的坐上手車。
「怕羞麼」？「怕那對看守人的眼睛」。
晨風撲過她的面上，
昨夜的脂粉還剩下薄薄的幾點。
幹嗎你老是打着呵欠呀？
昨夜太興奮吧。
幹嗎你又深深的太息呢？
從你凌亂的頭髮，
我知到你昨夜遇了一個殘暴的客人。
還是暗暗的在肚子裏哭泣吧，傻子，
要不然，眼睛哭腫了，
你會嘗到人客奚落的滋味。
（機聲轟響了，
廿世紀的巨靈
孕育着廿世紀的冤屈）。
太陽的眼睛老望着都市的巍樓，
可不曾瞧瞧這黑暗的一角。

當白晝的歌唱停歇了，
主人也吹倦了口哨，
寫字間的打字機開始使用時，
那些倦伏在巨靈下的人們
已經流了幾許的血汗。

一九三五年，元月，十二。

選自一九三五年二月九日
香港《南華日報・勁草》

新歲

同樣是有太陽起落的一天
街上閒適的行人
為什麼老笑着臉
落在地下炮仗的殘紅
正還發散着火藥的氣息
窒塞着華裝小孩與仕女的鼻孔

可不能塞卻了他們底信心
瞧　他們笑了
望着可愛的玩具
憧憬着鴻運的今年

但不妨多用一下記憶
三百六十五天前
自家兒心底也曾有過合理的幻想
不論是地球　人類以及自己
同樣希望幸運之神對他們展一展笑臉
天曉得這原是一回奢夢
整個年頭都與災禍結了不解的姻緣
軍械廠患着沉重的失眠症
空氣混和了濃味的血腥
家園破了　摩天樓下睡滿着流氓
於是飽世故的老人喟然太息了
說道「紅頭賊作反的時候也沒有這般艱難
什麼軍縮　國聯
我完全摸不出他們底意思」

日曆牌纔是第一次露面
那厚厚的三百六十四張
正蘊藏着一個大大的啞謎
也許今年好過去年吧
那便得要看清楚四邊的風雲
到底有個什麼的徵兆

今年確比去年好
東方現着吉祥的紫氣
是象徵和平時代的快來
於是飽世故的老人增了無限的高興
「總是福氣　活了六七十年
還有機會看見這麼的一天」

一九三五，元旦。

選自一九三五年二月十五日
香港《南華日報・勁草》

符號的國家

我們是符號的國家！
我，你，和他和她和他和她！
都有一個符號
在臂上胸上領上
別得怪牢！
從此什麼時候都可以
自由通過前線與後方！

我們是符號的國家！
你瞧，國家也有哪，
光輝的別在胸膛。
誰還敢來欺負？
今天，身子挺得筆直
昂然的走在人眾之前！
有問你靠什麼打贏這場仗？
他說就靠這個人所皆有的符號呀！

選自一九四〇年十月一日
香港《文藝青年》第一期

風暴

風暴
從氣壓最低的地方來

沒有太陽
暗雲壓在頭上
魚在水面急跳
海水漲到岩岸
人撕開了領子
熱流在空氣中迴蕩
於是第七號風球掛起來了

人們用堅固的堤壩
企圖防止他的呼嘯
用浮筒把船扣緊
用繩子把窗戶紮牢

可是風暴說來就來
來得那麼威猛又那麼堂皇
他走過這窒息的世界
兜一個轉又兜一個轉
把一切丟臉的東西掃蕩
把悶熱吹走把涼氣帶來
拔掉空心的大樹
扯裂霉爛的旗子
吹塌腐朽的殿堂
把那破爛的小舟
和那無能的舵手
吹到羽毛也會下沉的地方

風暴從那兒來
風暴從窒息的空氣中來
風暴甚麼時候來
風暴在壓力最大的時候來
他要來就來
誰也阻止不了他來

一九四八，七，二八。

選自一九四八年八月八日
香港《華僑日報・文藝》

隱郎

黃昏裏的歸隊

赤金的
天外
夕陽
把歡呼活躍的波濤
染上點點殷紅的顏色

粉綠的
廣漠
長空
披上火樣的輕綃
露出歡欣熾烈的微笑

葬在蒼茫暮色的
遠處

歸舟
一艘　一艘
抖擻起疲勞的瘦影
沉靜地向着堤岸邁進

鬱悶空氣
緊壓下的
艙中
爬上許多全身黝黑的人們
一艙　一艙
一群　一群
煤屑　油漿　污泥
把他們造成了鐵的隊伍

隊中
突出了
長的鍬
短的鎚
粗大的竹槓

閃爍着殷紅的光輝
壯起炫人的行色
CH CHE CH CHE
旋律似的
群的步武
一陣　一陣
湧動着高度的音波
散播到廣汎的空間
湊成了
力的諧和
群的交響樂

進　進　進
是一致的心情
是集體的呼聲
逝了　逝了
給黑暗之魔吞去了
然而當力的群
鐵的隊伍
重新出動的時候
許是陽光普惠大地的黎明

選自一九三四年九月
香港《今日詩歌》始創號

盤算

淒厲的北風掃擊着。
那灰暗的騎樓邊，
墨黑的角落裏，
躺着一群疲勞困倦的咱們。

大家彎着腰，
屈起腿子，
頭不住地向懷裏攢，
（明知這麼地攢是無濟於事）
而攢呵，希望攢中能取得些微溫暖。

太沒情了——
北風！
老是糾纏住咱們！
一領破的爊棉衣，
藏進了頭，
掩不住腹，
還有兩對冰僵的手足。

街頭的瓦絲燈，
斜射過來的——
線線黃光，
可惜並非烘熱的太陽！
黃渾渾，
孤寂寂，
北風，
加緊咆哮，咆哮！
增強了咱幾許寒心，
幾許戰慄！

啊！打戰了整夜，
從頭到腳，從胸到背，
就是上下牙根，
也失掉主宰地擊着節拍，
可惡呀！這嚴寒的冬夜，
咱們的冤家！
天，快要浮白了，
還醒着眼，不能入夢。
明天要去船頭起重哩，
媽的！縱使不打瞌睡，
也難保不會疲勞，不會倦。

北風加緊地咆哮，——
咆哮了！
咱們盤算吧，夥伴！
怎樣去衝出這漫長的冬夜!?
怎樣去迎接未來的和暖的春天!?
天，快要浮白了，
還能入夢麼？

夥伴！

一九三四，十二，一晚四時于東區

選自一九三四年十二月十四日
香港《南華日報・勁草》

伙伴——獻給火子

太陽褪變了原來的顏色
地球也有點震動了
伙伴啊
當心自己的征途

明知我們脈膊的跳動
不全相像于另一羣人
而「沉默是聰明的」
氣憤提防傷害了自己
沉潛才是勝利的先兆

惡魔在獰笑麼
由牠獰笑吧
小鬼們的誹議
更足顯示他們自己的無能
這裡具備了高爾基的無邪鐵筆
這裡具備了伯訥蕭的巨靈粗掌
當魔鬼張開眼睛的瞬間
牠曾覺到生命不能殘留於一瞬

我們的臉孔是鐵板樣的
真的　誰也不大喜歡——
除了我們和我們之外
然而　我們何嘗不可以安慰呢
雖然少了娓娓動人的屁股
到底還有一雙粗大的拳頭

這世界確是畸形到不像樣了
殭屍在人叢中活躍
木乃伊白晝橫行

退讓那裡是辦法
畏懼更不能贏得勝利　同情
劃一咱們的腳步吧

伙伴
揮動高爾基的無邪鐵筆
伯訥蕭的巨靈粗掌
賞牠們一個痛快淋漓

一九三五，一，一午

選自一九三五年一月十六日
香港《南華日報・勁草》

吳慈風

路燈

多年的路燈
蜘蛛當了家
昔日的光芒不是無恙嗎
而誘人的魔力卻消逝了

還要風塵給你一些皺紋嗎
這樣的容顏已是蒼老了
即使抖起生命之殘力
然而淡漠了守夜人的影子
却也可以自豪的嗎

在黑暗中不妨誇大
但等到電車冒着綠火飛來
你却又畏縮得太渺少了

還是守着一個長期的沉默吧
看在天昏地黑時
爆發了鍊就的火星

十二月廿四日夜半

選自一九三四年十二月三十日
香港《南華日報·勁草》

夜離香港

帶着無邊高興的心來
也帶着無邊高興的心去
任香港的電燈閃着惜別之眼
我早已厭倦了它的虛偽

海倒有情
吻着船身一程一程的送

回來了，往日的貪視之夢
然而海的熱情使我心酸

許是聽了風的咆哮
船比我心更其抖顫了
請不要嚇瞎了眼睛
前面是無際的黝闇呢

別漠視半圓月的光條
提防前頭有石礁
或任白浪推你到什麼地方吧
反正狂風就得掀起海上的洪濤了

一月十一日于船上

選自一九三五年一月二十三日
香港《南華日報・勁草》

張任濤

江邊小令

是天角有皎月的引誘，
銀魚炫其夜冰的技巧嗎？
對這迷人的夜色，
我祇輕輕的投以一盼。

隔岸的燈色奏着沉醉的夜曲麼？
但聽覺已疲乏於憂鬱的裙裾下了，
這悵然的輪音，
是撩不起我衰老的心情的。

遊艇拍和的騷音，
是幸福者的小夜曲嗎？
而流浪人的感傷的記憶，
已遊行於綿綿的鄉愁中了。

靜默的瓦斯燈是僅有的伴侶吧，
而心扉的匙呢？
船帕汽笛的鳴聲，
帶來了新鮮的消息？

選自一九三五年一月
香港《時代風景》第一期

徐遲

戀女的籬笆
試驗詩葉·1935·一月

你的頭髮是一道籬笆，
當你羞澀一笑時
紫竹繞住了那兒的人家。

口占了上述的三句即景，
翌日，我即離了家園，
遠離了紫竹的髮下的柔情。

因為你是閃閃躲躲的，
在戀人的我的面前，
也是永日奉羞澀為你的籬笆的。

如今我記不起你眼眉的一是，
只有我伏着窺視過的籬笆，
我記得開放在上面的是一朵黃花。

選自一九三五年三月六日
香港《南華日報·勁草》

出發

在後面的是歷史，延長的
城市和稼穡血肉做成的，
在最高速度裏我們上火線去，
再做原始人。歷史在後面成長，
每秒鐘從我們的車輪裏生出許多；
更近更近我們的文化的脆弱部份。
是一條商業的血管曾流溢金錢，
農夫和旅行者，情書，
現在是戰爭的血管運輸軍隊。

我們經過一些破車的結構；
我們經過一個車站只認出輪廓；
向炸彈挺胸的肋骨，絕版的鄉村。

是血管，火車頭拖着血的列車，
關於牠的英雄故事將來要說的；
而當我們跨進這個世界，

什麼也不剩只有戰場的修辭，
白骨造成的世界我們造成的，而
我們的妻，孩子在後方的城裏開花。

選自一九三九年五月二日
香港《星島日報・星座》

述語

詩序：香港油麻地渡頭的時鐘鐺鐺鐺地敲給一個車站聽。這是九龍車站。去年廣九路粵漢路時被轟炸。有一次人們買了車票臨時車卻開不出站。一連二旬左右，他們在這站上候車而又生活，如生活於列車飯店。列車飯店早已閉歇，車站現在有一顆寂寞的心，渡頭的時鐘敲罷，我有一個歌唱。

雖然我是主語，而我也很有一些述語，
每一句我應該有一個述語纔能完成的，
可是在這裏我似乎不大懂得文法了，
我的述語與我無論如何不適合，
沒有一個「動」詞可以做我的述語嗎？

我「買」外匯「跳」舞「游」泳「喝」啤酒
「吃」三明治，
我不要這樣的述語他們不適合我
像迦洛連山麓足球場大看臺和人口密度，
當守望戰爭而沒有一個熱情的啦啦隊，
我只有一個述語「寂寞」也不適合我不

要牠，
我要的是一個真正的動詞來做我的述語。

選自一九三九年七月十日
香港《頂點》第一期

太平洋序詩——動員起來，香港！

一

南太平洋開始歌唱了，
怎禁得我唱太平洋的歌。

太平洋啊，碧綠的波浪，
著名的珊瑚島，珍珠港，
白晝裏滿天的白鷗，
夜晚點滿了燦爛的燈光，
聖誕佳節臨近了；
然而一朵烏雲浮着。

一朵烏雲浮着，
已經一個月兩個月了，
暴風雨，來吧！來吧！
太平洋的碧綠的波浪，
本是溫暖的陽光的愛人。
現在暴風雨來了！來吧！

二

阿比西尼亞的沉淪，
西班牙的史詩，
法蘭西的悲劇！
戰爭飛翔着，
恐怖飛翔着！
饑荒飛翔着！
中國流血，流淚，流亡，
但是支持着。

轉身兒，我們看見
紅色的人民，在飛雪的

莫斯科，列寧城，羅斯托夫，
莊嚴愉快地戰鬥。

太平洋的暴風雨，來吧，
在一夜天中間，
世界劃分了兩個，
侵略者和民主國家。

三

動員起來，香港，
歌唱起來，香港，
組織起來，香港，
號手，吹！鼓手，敲！
砲手，搜索天空和水平線，
搜索間諜……
如果香港燃燒，
東京也要燃燒，
太平洋，歌唱吧！

選自一九四一年十二月十日
香港《星島日報・戰時生活》

柳木下

約翰・阿九

約翰做了一個夢
他夢着
他發明了種新機械
一種增加十倍速率的新機械

阿九也做了一個夢
但阿九的夢却是
他用粗大的拳頭毆約翰
像打他的多產的妻

早晨　工廠的汽笛鳴了
阿九的妻推他起來上工
而約翰只翻一翻身
又復睡去

選自一九三六年一月十五日
香港《紅豆》第四卷第一期

渡頭

一

隔岸雞報午，
一鳥橫空飛；
舟子年老而傴僂
徐徐搖櫓渡江來。

峯巒蒼蒼，
江水泱泱，
故國三月，
風薰，日麗，鳥啼。

二

船篙拔起，
親人就得分離；
願你們去，
我留守在這裏。

竹林，桑野，
阡陌，人居，
我們的愛，
深藏在土裏。

署名「馬御風」
選自一九三九年四月二日
香港《星島日報‧星座》

在最前列

馬格里是我的戀女
又是一個孩子的母親

我看見馬格里
舉起微赤的圓臉
在搖籃傍邊

我看見馬格里
抱起小布爾薩維克
放下反杜林論

我看見馬格里
推着搖籃唱着歌
聲音又細又悠長

一朝我從遠方歸來
五一節的歌聲震撼着這城市
我看見馬格里
舉起右手
在最前列

選自一九四〇年四月二十五日
香港《大公報‧文藝》

馬格里

馬格里住在陋巷中
她低低地歌着在搖籃旁邊

她是素樸的
她有微黑的臉和大眼睛
但她誇耀：意識前進
她又慣於勞働
她會製作可口的小菜
一如她的清麗的文章
而且在萬人前
她有嘹亮的歌喉

一朝我從遠方歸來
群眾的行列經過這城市
並且，震撼這城市
她是行列中的一員

選自一九四〇年八月一日
香港《國民日報·文萃》

熊熊的爐火

在外面，
雪飛舞了，
牠靜靜地降着，
在道路上，
在田野間，
在風中。

我想起許多年前，
在初雪的晚上，
在寄宿舍中，
我們聚集着，
談論着，
圍着熊熊的爐火。

那時我們都是少年，
我們有朝陽一樣的青春，
爐火一樣的熱情，

忘記了夜，
忘記了疲倦，
我們激昂地談論着，
圍着熊熊的爐火。

選自一九四九年六月十九日
香港《華僑日報・文藝》

道旁

落落寞寞的道旁——
冷風逐角的疆場。

一個女人哀哀地求乞，
瘦得像個猢猻樣，
一個小姑娘放下五分錢，
她穿着一件破衣裳。

一個胖太太拉着狗走過，
連望也不望一望。

落落寞寞的道旁——
冷風逐角的疆場。

選自一九四九年六月十九日
香港《華僑日報・文藝》

侶倫

訊病

懷着默禱探問病訊
來到你門邊又逡巡
怕數朝小別
又慵倦了幾許青春

瘦臉如你家之有陌生感
新容却安靜了造訪的驚魂
心在默祝你平安
而我的眼却願你長病

因為病才有葡萄味的日子
平安是有牆之抑鬱的
你的家有 Barrett 的莊容
而我有勃郎甯的命運

珍重地消度金色的靜晝
徒然了希望時間停留
黃昏將帶來陌生的足音
黃昏將帶來夢之梢

握手中有淡淡淒情
不敢問明天許我再來麼
期望抑鬱的牆頭開出曇花
要祝福你康健

一九三六，五月，六。

選自一九三六年七月十五日
香港《紅豆》第四卷第五期

流亡的除夕

除夕，
給雨封住了，
如日子上的五線譜。

異鄉，
有澈骨的寒冷，
和流亡的淒涼味。
室內病妻的呻吟，
屋外的爆竹聲遠聲近；
混和於
日子的五線譜之中。

壁上，被冷落的生豬肉，
也滴着油淚了！

選自一九四六年二月二十一日
香港《新生日報・生趣》

九月的夢

是秋天了罷？
當西風吹動窗衣，
你深情地訪我於夢裏，
如西風飄落一張葉子。

於是在枕上，
我的散文成了夢的説明書；
——是孩子睡眼裏的天堂，
是醒着的夢，
詩一般的九月。

最難堪是夢迴時節，
你無情地撇下了我，
把空虛作為贈別；
我覺到一陣冷，
唉，冷了七度飄雪！

選自一九四七年九月七日
香港《華僑日報・文藝》

忘題

水晶罩下的藍寶石嗎，
還是幽谷裏的夜明珠？
太息我虛有的才華，
徘徊於你眼睛的神髓。

是孩子羞怯麼？
當流盼如掠過的燕子，
你眼睫便如簾子之低垂。
我的心撕毀了葬衣。

訪你於沉沉的秋夜，
說盡人世的哀情；
但不再有經常的感情淚，
帶着夜明珠在西風裏歸去。

選自一九四七年十月二十六日
香港《華僑日報・文藝》

何涅江

夜的流浪者

夜底溫柔，
晚風，送來醉人的音樂，
南國，亞熱帶的氣流，
夾雜，脂粉的芬香。
酒館裏，山珍海羞的氣氛，
穿透了玻窗，絳紗。
夜的流浪人，
昇起難忍的慾念，
負着饑腹，
神思迷惘；
在十字街頭，
躑躅，彷徨。

懷着一個珍奇的憧憬，
來到了香港；
現實的答覆，給你一個冷酷的「絕望」。
白眼，冷嘲，熱諷，一切的侮辱……
像是一根鑽心釘。
他將要嘲笑自己從前的妄想。
現在他清楚地認識到：
人情的冷暖，
世態的炎涼；
社會的黑暗躲在虛榮的後背，
他蹀躞於十字街頭，
從心坎裏冒出一股灰色的悲哀，
遮蓋了路燈微弱的光輝。

民二七，五，一八燈下

選自一九三八年五月二十九日
香港《立報・言林》

暮

炊煙繚繞於都市，
暮靄迷離，
有信的涼風，
帶給飢寒線上的人兒，
以白飯的香味。
日暮途遙更急煞了！
枯朽的樹枝，
為飄爽的金風剪掉了，
扔下草地，
禮拜堂祈禱的晚鐘，敲起，
却敲落了海角的太陽，
沒落的時期了！
黑暗漸漸地要掩埋了遠處的峯巒
祇有海洋的波浪還在奔流未已。

孟秋於紅磡

選自一九三八年八月十七日
香港《立報・言林》

都市的夜

一抹鮮妍美麗的紅霞，
漸漸地給黑暗吞噬了！
電燈，瓦斯燈，霓虹管，蛇，腥紅的舌光，
毒涎漬潰了人們的心，舐傷了人們的靈魂；
酒樓，餐館裏，朱古力，乳酪，白蘭地，
　紅牌獲克，
舞場裏，華爾滋，探戈，狐步，和單人羽
　扇舞，
洋房，催眠曲，爵士樂，毛毛雨，娓娓
　之音！
另一面，餿餘，殘羹，樹皮，菜葉，和
　草根，
草地，騎樓底，舊報紙，敝爛的草蓆，
蓮花落，呻吟，叫苦，掙扎的呼喊，奮鬥
　的怒吼，
但是，任憑怎樣也不能打動布爾喬亞
　們的心！

夜是黑暗的，社會也是，尤其是都市，
揶揄，奚落，白眼，嘲諷，一串尖刻的針，
一個市集裏，懷抱着兩個世界不同世紀
的人！

民國廿七年秋於紅磡

選自一九三八年九月十六日
香港《立報・言林》

在某機器鋸木廠裏

馬達，齒輪，騷動的聲音，
皮帶的牽引轉動了鋸，
鋸齒嚥着木，
木屑的飛揚，
像野外的風砂塵土。
黑暗，骯髒，喧噪，疲乏，
體力的消耗，……
斥喝，流汗，木板一條條從鋸下裂開。
一寸，一尺，一丈，二丈，有些短，有
的長，
重重的壓在工人的肩膊上，
托出工廠，托出木場，
營養不足的臉，青白，勞倦，哼唷的幫腔。
一天的工作做夠十小時，
血汗的代價祇得五毫錢，
還要扣毫六仙，吃午晚兩餐。
在木屑紛飛的空氣裏，
窒息了呼吸，刺激了肺腑，傷害了心臟，
工作的勞動，饑餓的空腸，
從七時的第一聲汽笛，
直至中午的汽笛長鳴前，
火爐要添幾回煤，
汽鍋也要增幾回水，
機車斟過了多少滑機油，

惟是工人沒有休息，還未有吃飯。
中午放工三十分，用膳連休息，
轉瞬又是汽笛響，
一直幹到五點半。
工人的辛苦，老闆的安閑，
會計先生的算盆得得地響，
整天只會打在營業的利潤上……

選自一九四〇年十二月一日
香港《文藝青年》第六期

袁水拍

梯形的石屎山街

好熱的晚上哪！
十一點半咧。
櫊樓上燈火剛熄。
梯形的石屎山街
沒入黑暗裏。
賭錢的赤膊男子
現在下樓了。
一路罵人，也罵自家。

梯形的石屎山街
沒入黑暗裏。
睡滿人，坐滿人，
如同運動會裏的看台。
男子們睡得像蝦，打盹；
女人披散了發臭的頭髮，
半裸地躺着門板，
摟着肉老鼠似的小孩。

小孩子可真多哪，
哭着的，睡熟了的，
穿袴的，不穿袴的。
白天他們喊：「擦鞋，擦鞋。」
白天他們看連環圖畫，
如今都安息了。
夢見俠客嗎，
飛來這梯形的石屎山街？

霉臭，汗臭頭髮臭，水溝臭，
空氣像生油一樣膩。
但也有一陣香的風呢，
那是年幼或老了的鹹水妹。
紅嘴巴會和水兵講英語。
現在她們高貴地聳着奶，

向紅霧中的山下走去。
一天生活的開始……

哎，我忘了一樁新聞：
今天這梯形的石屎山街，
還有剛死了丈夫的人家。
你聽：那兒騎樓上面，
他的女人已經乾號了整天。
他是個冷藏廠裏的工人，
氣鍋炸掉他半個腦蛋……
如今也安息了。

「願上帝佑爾等靈魂，
貧苦人最容易上天國。」
胖胖的牧師每天——
好心的聖道姑每天——
祝福着這梯形的石屎山街……
如今死蛇樣躺在黑暗裏。
好熱的晚上哪！
會下陣雷雨嗎？

選自一九三八年十月
《文藝陣地》第一卷第十二期

勇敢的，都走了

就這樣分別，不必一握手。
島上的最光緻的瀝青路留
不住你的破靴或你的聲音。
此後更剛健的身子將航行

在祖國，什麼一處戰場上？
筆桿如舵，激越的白浪。
他們將歌唱你青銅的詩行。
兵士，農民歡迎你，歡迎你詩人。

殖民地能給你，給我們什麼？
「窒苦的洞穴的騷擾與呼喝。」

勇敢的，都走了，就如你。
我的信積着，無法投遞。

此後翻檢地圖，絳色的山，
淺綠的平原，河流這樣藍。
不知道你的槍背到那個村莊，
許着吧，明年，信寄鴨綠江上。

選自一九三九年四月二日
香港《星島日報・星座》

後街

後街，九龍租借地
小押舖的後街
「麻雀要樂」的後街
潮濕的失業的日子
兇暴的下流人出出進進
在賭場的煙和咒罵裏
咭咭咭……直上三樓的扶梯
搽三仙一匣雞蛋粉的娼女
街心的浪漢是丈夫
她們有壓扁的臉
壓扁的性情
花柳病和癆病
扶梯上各人家燒紙燭
因為我們，嗳
大家都是窮鬼
還有廣州的難民
一個個零碎的家庭
其他是北方話的乞丐
和唱歌的盲妹和琴
用腐爛的下肢賣一個仙
初生的閉着眼的嬰兒賺哀憐
一間房五對夫婦連獨身漢
各種年齡的小孩
「讓我吸一口你的烟頭」

十歲和十三歲的人會説
賣武人家的孩子
晚上哭泣他脱臼的臂骨
母親和大家吃他的骨頭度日
二個仙拆一天紗頭
我們是不需吃喝的陰世鬼
父親們已經搭了日本船
船票是我們一家的財產
回到省城去試試生意
橐橐橐地滴下來
下雨的後街
水溝一樣的後街
下雨的房屋
諸君，還有些在
各處牆壁角落
每一堆破布垃圾
躲着一個生命在內
明天告訴你
是活的還是已經斷氣

魁梧的菜場建築
外面流四季不乾的腥臭
我們吃着腥臭過活
牛肉攤滷味擔拔牙齒
賣喉管醫毒症講劍仙
傳教師的畫片張掛在
公共廁所的牆邊
福音幕裏的聖道和頌詩
有日光的方場哪
周圍像寄生蟲叮着
那些無盡的無數的房屋
和螞蟻蟑螂老鼠
木蚤的後街
印度巡捕的後街
牠們吸我們的血
我們這樣地敬重着它們
我們在昨天今天明天
呼出最後一息氣
仁愛的醫局不要錢

只有侮慢和擁擠
我們忽然死了
我們臉上早就寫好該死的
關攏我們的嘴
像關攏我們的胃
沒有牌照的西餅作
晚上十二時生爐子
小心些小心些小心些
難過日子的後街
盜竊的後街
謀害的後街
不講禮貌打架用刀砍
鴉片煙和紅丸
自殺的男子女子
在生和死之間
打轉打轉打轉
還有花彩和鼓樂器
鄭重的婚禮喪禮
日本花布的後街
裁縫店的後街

給海灘和大道
打扮盛夏
無休止的苦工
十一小時的苦工
十二小時的苦工
十三小時十四小時
短促的生命
用最長的尺子量
用最長的鞭子抽
過去在那面
那面有林蔭路的晴日
紅磚教堂的尖塔上
滑着亞熱帶的風涼
一排偉大的印度兵的
保持清潔的馬廐那面
大道帶着勳爵騎士的貴名
纔有繚繞詩情的綠樹葉

選自一九三九年六月十三日
香港《星島日報・星座》

搖晃

做完十二小時的工，
兩條腿搬一隻空肚子回家。
累得快要倒下了，
像一輛破馬車，
粗暴的路石和日月
把我身子磨。
工作做完了我。

啊，累得快要倒下了，
滿嘴是苦的，
渾身是痛的，
頭腦是麻痺的，
睡到床上，
像一棵樹砍倒，
直到明朝天還沒亮，
再從夢裏掙扎着醒來。

我的胸口，你看，早已凹下了，
我的心這樣地顫抖，
我還只二十一歲啊！
我做完了十二小時的工，
電車載着我這彷彿拆散了的身體，
搖晃在街上。
電車的皮圈抓住我的手，
電車的車頂抓住這皮圈，
都市抓住這電車，
像巨人抓住它，
它使勁地搖晃，
一個巨大的問號，
昏迷
還是覺醒？

一九三九年，香港。

選自袁水拍：《詩四十首》，
上海：新文藝出版社，
一九五七

鷗外鷗

和平的礎石

東方國境的最前線的交界碑！
太平山的巔上樹立了最初歐羅巴的旗。

Sir. FRANCE HENRY MAY
從此以手支住了腮了。
香港總督的第一人。
思慮着什麼呢？
憂愁着什麼呢的樣子。
向住遠地方
不允說出他的名字。

金屬了的他，
是否懷疑巍巍高聳在亞洲風雲下的
休戰紀念坊呢。
奠和平的礎石於此地嗎？

那麼想着而不瞑目的總督
日夕踞坐在花岡石上永久的支着腮。
腮與指之間
生上了銅綠的苔蘚了——。

在他的面前的港內，
下碇着大不列顛的鷹號母艦和潛艇母艦美
德威號
生了根的樹一樣的。
肺病的海空上
夜夜交錯着探照燈的X光
縱橫着假想敵的飛行機
銀的翅膀
白金的翅膀。

手永遠支住了腮的總督，
何時可把手放下來呢？
那隻金屬了的手。

選自一九三九年二月香港《大地畫報》第三期。總題〈詩．香港〉

禮拜日

株守在莊士敦道，軒鯉詩道的歧路中央；
青空上樹起了十字架的一所禮拜寺。
電車的軌道，
從禮拜寺的V字的體旁流過
一船一船的「滿座」的電車的兔。
一邊是往游泳場的。
一場是往「跑馬地」的。

耳的背後，
鏗鳴着禮拜寺的鐘聲，
今天是日曜日呵。
感謝上帝！
我曹沒有什麼禱告了，神父。

選自一九三九年二月
香港《大地畫報》第三期。
總題〈詩‧香港〉

文明人的天職

汝等襟上佩着
S.P.C.A. 的犬頭旗的先生，太太。
何等的慷慨！
何等的仁愛！
汝等反對虐待畜牲
乃文明人所必盡的責任，文明人所必有的道
德，文明人所必具的善良。
偉大的人格，偉大的正義。
請汝等也佩上此朵被達姆彈所槍擊無辜而受
苦的染血的花罷！
責任與人格不容汝等閃避，
汝等亦無庸赧顏含羞閃避而過的。
他們4萬萬5千萬的男和女老與少的生命
和汝等的生命一樣，
乃自然所賦予！
有不可犯的生存之自由！
現在卻慘遇了不文明的侵犯的兵災。

死亡相繼在我們的國家邦土。
流亡分散在汝等歡樂幸福的街頭巷尾
奄奄待斃。
汝等反對虐待畜牲
汝等何不反對虐待人類？
何故不更反對虐待人類？

選自一九三九年二月
香港《大地畫報》第三期。
總題〈詩・香港〉

狹窄的研究

不建築在土地上。
建築在浮動的海洋上，
建築在搬場汽車上；
我們的住宅。
「大陸浮動説」並非謬論
住宅也浮動説的不可固定。

一匹郵船一樣的住宅呵！
雖拋下了碇舶的錨
亦不會永久。

自然所安置的東西
也不會永久。
沒有一株樹永久，
沒有一座山永久。
沒有一寸冷落了的土地永久，
沒有一所房子永久
標貼着「To Let」的招子不超過一小時。
永久的只有銀行的地址！
人行道的作用，
不是行人是住人！
無力移住到搬場車上去的，
惟有飲泣着從街的一端，
移住往別一街的一端。
香港，家家戶戶的家屋
都是洗衣店麼？

呵呵，日光浴的衣服
不可統計的多呵。

香港，又是多霧的港
早霧的港
多炊煙的港呵！
下午三時的
告羅士打行的塔時計。
香港，炊煙的霧已四起。
早霧的港，
遍植了萬萬億億的廚房煙突的森林呵。

香港人的足扒着山。
香港的車輛的輪扒着山。
香港的建築扒着山。
香港的面積太有限了。
香港
狹窄極呵，
高極呵，
擁擠極呵。
屋與屋的削壁，
僅有一寸的隙！
透着一寸的陽光！
流通着一寸的空氣！

一切都作扒山運動的香港，
一切扒到了最尖端最高度的巔上的時候；
香港，怎樣辦呢？

選自一九三九年三月
香港《大地畫報》第四期

林煥平

農曆新歲雜詠

徹夜不停的
鞭砲聲
一宵兩宵；
清道夫掃除街頭
殷紅的紙屑
三次四次；
這可是阿Q式的
自我安慰嗎？
在祖國——
X人的砲火，
同胞的血，
掩埋屍體，
掃雪……

文武廟，
榕樹頭，
海濱，橋頭，
商店，民家，
紅地墨字
聯對異樣耀眼：
「恭喜發財」
「客歲共沾豐稔澤
新春同享太平年」
「慶祝芳辰求子求財有求皆應
永沾聖德願男願女無願不從」

擺下「三牲」
善男信女
用三跪九叩去
獻出他們的心。
這可不要是
X國的祈
武運之長久啊！

百貨商店，
舞場，酒家，
鞋店，「新年糖菓」，
各人依着
自己的欲望
（小孩捧着滿懷的「利市」）
尋求格外的滿足；
老板們獲得了
意外的瀛利，
誰還記得
節約
破碎的山河
毀碎的家啊

選自一九三九年二月二十八日
香港《星島日報·星座》

黃魯

遠方謠

當晨興吹角吹響
我的懷念
遂飛過千里，萬里

在山那邊，在海那邊
在迢遙的天穹下
在血的雪原裏
在受難的祖國裏
在自由的
戰士的身上

我懷念着啊
溪澗旁的樅樹
和山雀黎明的歌唱

選自一九三九年四月二日
香港《星島日報・星座》

默想

島上午晝
有砲艦入港
飛機迴漩於青空
隣人仍泰然地
抽一斗旱煙

而我却想
烽煙滿目的中原
戰車終日（ ）過
一片荒涼的郊野
城中空無一人

選自一九三九年四月二日
香港《星島日報・星座》

讓我唱一支歌吧……

我離開了可愛的家園，
離開了青色的田陌。
而今我浮浪着，
在喧嘩的
淫蕩的島上，
我整天聽見，
從酒吧裏煽出來的
女人們褻瀆的笑聲
和男人們粗俗的污語。

於是，我憂鬱着，
我想念着，
在遠方的城市
自由而愉快的生活，
那裏
有璀燦的太陽，
有蔚藍的天空，
有綻放着
杜鵑的春野……

讓我唱一支歌吧
在黯然底夜晚，
讓我唱一支沉重的歌吧！
牠將如馬賽，如伏爾伽，
如海潮澎湃，如風雨欲來，
而且蘊含着
人類的悲哀
和種族的仇恨。

讓我唱一支歌吧
牠將透過
黎明的林薄……

選自一九三九年六月二十二日
香港《星島日報・星座》

那邊

不久，
我將回到那邊，
吹着希望的口笛，
如四月的乳燕，
穿過雲，穿過風，穿過雨，
越過山，越過海，越過河流，……

沒有憂愁，沒有眼淚，
像光明的樂園一般燦爛。
幸福躍在青色的草原，
幸福躍在蘋果樹葉子上，
幸福躍在灼熱的人民的心上，
在那邊，那邊，那邊，

不久
我將回到那邊，
吹着希望的口笛，
如四月的乳燕，
展開輕盈的翅翼，
飛向那邊，飛向那邊。

選自一九四〇年六月十七日
香港《星島日報·星座》

火

在無邊黯黑的夜晚，
人們遂追想着原始人的
歡騰而熱烈的野火會，
人們心裏私興着，
把生命交給亮光的火神。

而今，人們癡癡地，
謳歌着血一般殷紅的火。
在那闃寂的荒原上，

人們更舉起明躍的火把，
照澈了薄灰的天空。

舉火燎原吧！舉火燎原吧！
燃燒着枯木，燃燒着落葉，
燃燒着野草，燃燒着荊棘，
燃燒着阻礙前路的廢物，
燃燒着沉澱的，腐敗的……

舉火燎原吧，舉火燎原吧，
當大好的明天蒞臨
新生的太陽光華滿地，
山野將變得完整，淨美，
青青的嫩芽也將隨處茁長起來。

選自一九四九年二月二十日
香港《華僑日報·文藝》

馬蔭隱

港行

痛苦的心
劃破一度生的行程
孤寂地
我偷離祖國的懷胸了

這兒是香港吧
海的風
海的浪
海的霞煙
昏迷了的海島

海島，像神話的靈怪
夜罩落神秘與奧玄
另一面，還有
戰艦，商船，古舊的小艇
燈色下的海的奸笑
是亂世代的桃源洞呵
一種古老詩人的幽趣

我停留下
這繁榮的夜市
掃去曾經沾滿衣邊的征塵嗎
兩個星期久了
今天，仍是排行街道上

選自一九三九年四月十二日
香港《申報・自由談》

遊吟

讓播來的號音
吹醒誰家的夢遊人
悲壯的馬嘶

風滾血肉飛
還是在遠方呵！遠方
該地有人間仙神
　軒聲裏的罪惡

朝光明的後背兜圈子
説新進的——機會主義者
舊的頑固的殘餘，
同化一流濁水。
欺凌，壓迫，詐騙
產生在那妬嫉的眼
在那傲慢的態度
在那藏着糞蛆的心

解放，一個借用的名字
黑暗却裏緊多少人
一面是綠酒淫歌
一面是淚落臉色枯黃
戰爭單括在遠方嗎

那動盪的天雲
混着頭頂的砲煙
　在飄着呢！

選自一九三九年十一月二十九日
香港《立報・言林》

小木船

大哥像一隻浮沉於
　時代的洪濤裏的
古舊而破爛的小木船
牠不能乘載重量
不能乘載
一個富於經驗的
　　　航海者
但　牠極自是地漂蕩着
漂蕩着
——生活是無目標的

有時順着風吹的方向
有時隨着水流

大哥像一隻浮沉於
　時代的洪濤裏的
古舊而破爛的小木船
牠箔滿一身怨艾的苔塵
沾一身悽愴的年代的水跡
但　牠從不肯認識生活
永遠是頑固地
靜默着——
飄蕩在沒有太陽的近晚
漂蕩在黑夜裏

選自一九四〇年八月二日
香港《星島日報・星座》

盧衡

小輪上的賣歌者

忙亂的白髮壓着枯槁的臉，
銅鑼小鼓掛在胸前。
飢餓衝破了喉嚨，
　一聲高，
　　一聲低，
死拚着汽笛的呻吟！
興奮鼓舞起疲倦，
熱望支撐着辛酸；
淚珠濕潤了枯澀的眼，
汗滴也流穿了困累的心。
　唱呵，
　　血的掙扎，
　　　生命的歌！
…………
黑夜撒下了陰沉的網，
他迫着要向命運投降，
　一條黑影，
　　巍巍顫動；
　聲聲歎息，
　　拖帶着沙啞了的喉嚨！

五，三，改稿於病中

選自一九三九年五月十八日
香港《大眾日報・大地》

夜航

扯下了風帆，
桅燈有若天星；
是哪個船夫喊喝一聲，
幾支竹篙遂劃破江水的沉默。

夜鳥在天邊失去，
月亮卻遙送一程又一程，
今夜欲隨這船遠去嗎？
有人憚懼光輝惹來鐵梟的踪影。

正逆吹着虎虎的北風，
而船又告涸住了；
倚舷看兩岸劫後的村莊，
我翻起了故鄉的血的記憶。

遠處傳來樵樓鼓響，
老船夫揑指計算：
「江潮快漲了」！
而我想：艙裏的棉衣，
來朝能否披在戰士的身上？

選自一九四一年三月四日
香港《國民日報・木刻與詩》

葉楓

北望

北望，北望着
迢迢的一片春暖的天野呢
南國的島上的遊子啊！
春風正（ ）蕩地吹到北方的鄉村
回憶着去年去的時候，
是有不少春忙的農人
在田間快活地低着頭
幹着自己的工作。
在堤畔，在水涯，
那禿着軀幹的楊柳
不是該披上一身迎風的舞衣；
在峯頭，在巒頭，
不是更有隱隱約約的雲烟了？
啊，休提吧，
我的幽咽梗塞住瓏喉，
眼眶里含着一包熱淚！
啊，經過這短短的歲月，
農人失去了：
家園，
田畝，
房屋，
妻子，
以及維繫生命的一切，
好一個人烟稠密的所在，
變了死寂的鄉村！
北望，北望着
迢迢的一片春暖的天野呢，
南國的島上的遊子啊！

選自一九三九年五月二十八日
香港《大眾日報・大地》

陳殘雲

夜

曲江橋上的每一盞燈
都如一個被砲火迫走的
流浪少女的病弱的眼
散出的微光是凄涼的

倚着凄涼底橋欄
我想唱一回流亡曲
而我怕我那含恨的聲調
會刺落人家睡眠的眼淚
因為這遭傷劫底古城
處處都有流亡者的棲息

那末讓我聽聽橋下的流水吧
明朝我要回去
回去啊
（一切流浪者都要回去
在門前劃下一個標記
「不做亡國奴」底標記）
看看開不出繁花的
失掉了和溫的陽光的
焦燬和荒涼的桃園

選自一九三九年六月六日
香港《星島日報・星座》

海濱散曲十章

1

吐一口憎恨的唾沫
我遠離了你藍色的海
像一隻野馬
　向被歌讚的火的大地

今兒又回來啊
從冷冷的城，悶悶的城
　回到你身邊
我失眠的眼睛
第一回看見你
　便有夢後的懊惱感

你還有醜惡，我知道
有新的欺騙與陰謀
　和無從傾訴的深積的恨

也容許遠遠而來的人
　有一聲歎息
這便是含淚而笑的婢女
　一點無可奈何的自由

2

我愛海麼
為什麼逃亡的伙友
說海有摸不着的深愁

我恨海麼
為什麼被羈押的伙友
說海有黃金色的自由

海有給暴徒淫辱的
　少女的無言之怨
有無聲的憤怒啊
那麼讓大家都沉默吧
狂飄的夜風雨來時
　海要咆哮的

3

每夜我頹然
　躑躅於海濱
樓頭便有豪貴者的眼
　投一線輕蔑

這勢利的病態的都市
我誠然要叫人
　　有小偷的感覺
而潛取我們國家的財寶的人
夜夜逍遙於海國
　　人們會歌功頌德
我啊，一個精神勞動者
　　竟變作流氓麼
我憎恨地望着
暗啞的海岸的燈

4

小帆船的主人
告訴我海底生活
陽光是使人眷戀的
自由是使人眷戀的

他說他每一次呼吸
胸懷啊
　　都有說不出的暢快
然而生命是飄浮的
誰不能想像
　　那一天有危險
　　那一天有卑污的海盜
膽小者於是害怕
七月的無情的風暴
而他呢
他只關心着暗礁
　　偷偷地把船兒撞翻

5

朝着海的湖水色的窗
每晚都飄出
　　放蕩的少婦底笑浪
　　和色情的樂韻

到深夜二時半
一切都靜默了
海在低低地叫喊

有一天
這微弱的低叫
我想會變成狂吼的
太平洋的浪花翻起的時候
沉睡的靈魂呵
　要如落葉一樣地捲去

6

有一夜
在海邊拾煤屑的孩子
要變成綠窗底主人

那時候
海不再抑鬱
人不再哭泣

那時候
這燬壞人們的自尊的小島
會是一個快樂的
　薔薇處處開的花園

7

我生長在海岸邊的
我底情感
海一樣沉默，海一樣深
你怯弱而丟胆的好人
　別來探摸吧
海會告訴你
　沉默者底崇高

我冷麼
在販賣氣節的丑角們的臉前
在盜取人性的小扒手的臉前
我知道我應該有
　冷的眼和冷的臉

而有一天
我會有火一般的言語
　敲碎你心靈底窗
如今海在沉默

8

你說我是健康的歌者
聲音如海上的浪濤
　唱出中國人民的苦難
　唱出古國之春

然而你聽不懂
你要坐在玫瑰色的小廳
聽那支聽不膩的「玫瑰瑪麗」
你底生活和心情
　有自己底歌呀

我知道我只配讓你笑
　一個不近人情的瘋子

因為我底歌
是唱給這污臭的海邊
　那些沒有愛
　沒有溫飽的孩子羣

9

九月的晨風
拉遠了綴飾夏夜的小帆
島國將又披上秋衣
為你年青的征人
　道一聲珍重

遠去了如輕雲
有說不出的快樂在深心
你說此去呵
　有比星星更亮的理想
　沒有纏不清的夜夢

而北國是寒冷的

你把南方的盛開的紫甲
　帶到戰鬥的山谷裏
　　栽植吧
你告訴守護山谷底戰士
「這是南方的兒女們
一點情感和一點溫暖」

10

我走了
馱着聖教徒的虔誠的心
航過這白浪的遠海
投向勞働者
　新闢的聖地
我不再蟄伏如小蟲
　嗟息人生的困倦
或空望着窗外
　陽光的歌讚
我要做光明的創造者
提着火把
　向黑夜燃燒
而你醜陋的梅毒的島
你島上的不要臉的狗
你強姦了人的純良的魔手
　通通都毀滅
　　都悲鳴而死吧
光明要來，火要來
春天要來，風要來
我要來，要來啊
　把火熱的輕快的歌
帶回這靜寂的海濱

一九四一、初秋於香江

選自一九四一年香港《文藝生活》第一卷第四期

都會流行症

明滅的燈，夢幻的燈
彩色的光，彩色的人影
游離於錯雜的街道上
像遊一個人間的夢境
流線型的少女
流線型的少年
帶一個輕飄的面
流線型的奧斯汀

白日看不見太陽
夜裏也看不見月亮
人永遠在黑暗中
都會永遠在黑暗中
黑暗的生活
腐爛的生活
多少人的氣節，
磨碎了
多少人的青春，
磨碎了
而悶的空氣
平淡的日子
跳出一個酒精的靈魂
動的空氣
煩囂的日子
也跳出一個酒精的靈魂
呵！酒精，酒精
都會永久在酒精中

香與香的交流
色與色的交流
人的買賣
靈肉的買賣
都會是狡猾與無恥
哭泣，歡笑，飢餓與彷徨

呵呵！都會的流行症
長期的都會流行症

選自陳頌聲、鄧國偉編：《南國詩潮：〈中國詩壇〉詩選》，廣州市：花城出版社，一九八六

樓棲

征懷

太行山脈深谷的松林，
讓北國的風披上了素雪。
昔人的南國佳人而今換了戎裝，
深徑的馬蹄聲啃嚙着靜默。

誰説中華兒女會俯首低頭？
殘暴淩辱招來了深仇勁敵。
恃強者終也授首，流血成渠了，
征衣上的風塵飽餐了血跡。

當幽谷清泉為征袍褪去血紅，
溪畔浣紗石磨鋭戰士的刀鋒，
記憶將向遙遠的南天招手——
羅浮山的新月，西樵的杜鵑紅。

今宵，殲敵歸來，
眉梢殘剩醉血的微慵，
不信南天烽火又連三月了，
該有溫暖的鄉懷入夢。

選自一九三九年七月七日
香港《中國詩壇》新二號

黃寧嬰

荔枝紅

假如囚得住
那些古舊的年代
也許我要愛
這呼吸着白浪花的
湛藍底海
但此刻我單戀的
是如此渾臭的河呵

其實那還够不上一道河
或者説是一條溝吧
黃濁的水面
不時地綻發
一朵兩朵
黑色的泥花

剛漂過
浮腫的腐鼠
岸上跣足的少婦
又忙着汲水了
(你還記起
那掩着鼻子
啖荔的故事嗎)

在暴戾的日子里
在獸性的蹄爪下
如今　它躺着
象一條發霉的蛇
夾岸的果樹
已燃亮了焦灼的心
一顆顆在枝頭
翻望主人底歸期了

我要歸去
我曉得滋長我的

那條溝底仇怨
我要歸去
我曉得期望我的
那條溝底忿恨
我要歸去
我要歸去

當流水沖去了
最後的一個仇敵
讓我們
在那塊汲水石上
濯洗刀上的血痕吧
讓我們
對着纍纍的荔枝
爆炸一串串紅笑吧

選自一九三九年七月十九日
香港《星島日報・星座》

尋覓

一

昨夜我有夢了
夢在故家
防空色的灰墻
已褪成粉白
午後的陽光
蒸得叫人發膩
風逗着南窗的帘
像鴿子拍着翼
一切彷如往昔
但門楷上
環立着
矜悍的異邦人——
我底不付租值的住客
一個個盯緊我
像一頭鷹
想從我的身上

發現一塊可口的肉
而我如殉道者
深深的俯下了頭
讓一襲暗雲
侵蝕了我底眼……

醒來　我驚悸着
這並不是夢呀

二

今夜我又有夢了
夢在萬重山
我並不懂作詩
但我的肩背上
有一桿閃光的槍
無數廝熟的
山松一樣的
夥伴圍着我
要我唱一支
洪亮的歌
而我底喉音
早因奔馳原野
為風沙撕裂了
於是在歡騰裏
瞄向藍天上
最藍的一點
我放一響槍
哪比歌聲更洪亮的
一響槍……

醒來　我尋覓着
我失落了我底夢呀

一，七，一九四〇。

選自一九四〇年一月二十六日
香港《星島日報・星座》

胡危舟

箭

夜，在二層樓電車上
我，在二層樓電車上
看七月的星星在天上流
看蝦形的餓殍在街邊睡

聽得清不僅轤轆和夜風的交響
還有冶蕩的語音，冶蕩的笑聲……
「痛苦在我心上打個印烙」
我像一支箭掠過長空

選自一九三九年八月十七日
香港《立報・言林》

前夜

我領略這香海底微瀾
這不起驚濤的西風
祇要不吹來海面浮屍底腥臭
島上人是不會嘔吐的

我不信這「冒險家的樂園」
有一天會披上戰爭底外衣
街頭儘是騷動中的溫穆者
誰敢說今晚是毀滅的前夜

選自一九三九年九月十一日
香港《立報・言林》

豹變

在鋸木廠裏

白鴿籠也似的大房子，
太陽光是害怕進去的，
永遠滾着木粉塵埃的空中，
新鮮空氣是經殲滅無餘了！

魯莽的車輪子急激地旋轉，
皮帶堅忍地拉送，
一衆狂暴的喧嘩，
永恒地統治着這房子。

一隻隻黑手，
機械地擺動，
一條條巨柱的杉木，
更顫動在鋸齒中了，
裂開，截斷，是一會兒的事。

「機器的力量真比人力超出萬倍呵，
它給我們的幸福是太大了！」
一個新工匠感謝地，滿意地說。

「它給你甚麼幸福呢？
它使你的生活加強了保障麼？
它不使你增多失業機會麼？
它使你減少了痛苦麼？
哼，傻子！你不也是終天在這兒勞筋拉
　骨麼？
傻子喲，它造的幸福不是給我們享受的！
我們只配永遠作『它的奴隸』！
幸福只落在『它的主子』身上！」
老工匠擦着掌說，
眼睛把車輪子咬了又咬。

「別太歡喜，也別發牢騷！

聽不見，X人飛機在咆吼？
我們要先把X人趕跑，
才把機器征服吧——
給全社會服務！
給全社會造幸福吧！」

一個青年工匠手舞腳蹈說，
張張塗滿黃木粉的臉，
都朝着他那滾雪似的嘴。
他們頭上插上小木條，
飢餓的肚子不斷的吸開水，
暮秋的涼意，
禁不住項背淌汗珠，
有的連破爛草衣也沒披上，
可是門前正走過，
穿着呢絨秋襖而甚冷的姑娘！

廿七，暮秋，紅磡

選自一九三九年十二月九日
香港《立報・言林》

陳善文

苦撐着拚

牙貼着心，
咬了一口！
齒痕嵌在心的深處；
頂不住，倒在血泊裏，堆着的骷髏。
無邊黑暗，風帶來一陣刺耳獰笑。
不行！還得從這屍場上苦撐着站起；
跟連串的苦難拚！
苦酒比醐醍更夠味兒，
呷着苦杯，捱着鞭，
在沒有斷氣之前。

選自一九四〇年七月十五日
香港《大公報・文藝》

代謝

黎明前來一陣大風暴，
勁風嗆着激越的吼聲，
雷電裏挾着驟雨。
人家說：
　那株大枯樹這回可要遭殃了！
我也那麼想。

一會兒，黃葉吹遍地，
不，是病了的黃葉頂不住狂飆。
畢竟脱了節，掃下污池，
躺在那兒僵死。
——若干年後，變了化石。
嫩芽再造第二代生命，
我那麼想。

死葉落盡，
樹頭透出幼芽，

來春時，又將青葱可愛
人家說：
　生機啊！〔生〕機啊！
這新的一代更健壯，
大家那麼想。

選自一九四〇年七月十五日
香港《大公報・文藝》

被流放者頌

在人間的血旂下，生命力永遠是可禮頌的。
權威者的劍，那能教你低頭；
你癱倒在執法者的腳下，你又再爬起來。
你執拗地拾起她，那生命的力；
把她緊緊地扣在靈魂深處。
靠她，你向上帝發出第一個抗議，
向上帝陛下的武士們射出一道箭上書；
你斬破命運的封鎖，
絞死那些絕望，失意，臣服，
那些第十三號以下的魔鬼的門徒。

你「超人」殿階下的死囚
由出賣人性的奴隸之國逃出來的
亡命者
八月的海，何處有你寄碇的地方，
這裏又何曾是乾淨的所在？
遠征者的行轅，總管老爺的府邸，
咖啡座上的笑語，宴會裏的甜唇和細腰
陌生的姿態，陌生的風情，陌生的上帝的
　臉孔
你這異鄉人對牠永遠是陌生的。

那麼，好孩子，你就去吧！
愉快的國度在那許多個山頭的後面，
那遙遙的遠方。

讓他們的教條譴責你，奚落你，詛咒你
好了，
他們，那些「超人」，神，鬼，那些罪惡的
代言人；
那些冒失的醜烏鴉，多言的偽善者。

你還是笑得那麼爽朗，那麼好看，
你還是偏愛着那些被侮辱的不幸的人；
（誰能讓你不愛他們呢！）
那些吻過的和沒吻過的，
擁抱過的和沒擁抱過的，
打過招呼的和沒打過招呼的，
那些被英雄們絞死了的
被命運牽着鼻子走的人。

選自一九四一年七月十四日
香港《大公報・文藝》

彭耀芬

燈下散詩

邊境即事

新界的邊境
有着破壞的火
更有發抖的刺刀　釘靴噏在土瀝青上
而邊界外更有醜陋的暴漢

粉嶺墟頭十室九空
紛紛攜袱逃亡　情堪狼狽
逃到那裏　逃到那裏
桃源人開始聽到一口不安定的砲

謠言

謠言來自前方
謠言來自漢奸　來自間諜的隊伍
他們侃侃而談　日人旦暮「封鎖」
市上有如鼓噪

黃昏爬上水門汀
人們怕有災難的日子到
堅定吧　打開你們仇恨的結
要祈求平安　只有拿刀躍回去

夜

熱浪闖進來
午夜的都市喧抖
聽竹戰聲想起我流亡人
馱着沙塵　明朝又要遠去

向戰爭吧
彈下頰上的苦淚
穿上新編的草鞋
我要做新中國的戰士去

寄遠

沒有一朵鮮紅而有刺的玫瑰花
我有一根松針
在維多利亞的山腰摘下
它刺激你的心　你的細胞
你在戰陣上引吭高歌
你把心口貼在日人的槍口
你底血液是寶貴的
可是你不會為國家民族而吝嗇一滴

選自一九四〇年七月三十日
香港《國民日報·青年作家》

勞者之歌

一　掘防空壕

血的叫喊從山的洞隙中衝出來
那強烈的爆炸物在發硬的地殼上響起
血在煤的上面蒸騰
汗化成了煙，向都市的屋頂上昇燃
無數條給泥，給煙熏黃了拌黑了的生命
在一鍋把人的皮膚熬煎的熔熱下
在一盞把人的生活照得慘白的漏燈下
開鑿、捽磚，鋪鋼鐵
把生命向黑暗攢入去
向硬厚的山壁挖、鋤
手指挖出了血，肩胛壓成了扁形
他們，他們……那些垃圾
那些長在土根的「廢物」
替一些上層的人
在開築生命的保險庫
而自己餓着，病着
給滾了油的大鐵轆抽輾着
可是還要加工，加力
從星的隱蔽；到星的出現
這樣一個細胞死去，兩個細胞死去
一條生命的大壕築成了
血的叫喊也停止

可是山底腳下的一堆骷髏
卻不知是什麼的變了形

二　修路

一盞沒表情的紅燈
伴一面紅旂
掛在劃着白粉線的路邊上
一根衰老了的鍬鋤
帶着生命的血往泥裏引注
一條血管爆裂
一塊泥土鋤出
然後再把搥碎的石粒鋪在泥層裏
挑水、鋪沙、把異味「瀝青」塗上
再拖着笨重的輾路機
把生命在路的上面壓
把血在路的上面絞
士敏土做了他們的乾糧
往肚裏吞，往鼻孔裏吞
不管肺癆，結核桿菌……
於是一條美化的路雄據着
一輛流線型馳過
一雙高底鞋擦過
她們太殘忍了
那是血的化合呵
她們竟毫不姑息的在上面踏過

三　高樓的畫像

把生命疊起，把生命堆高
那些士敏土，那些三合磚
浸透了血，浸透了汗
一層一層死亡了的細胞底血絲黏在裏面
從一個白晝，到再一個白晝
打鋼，鋪泥，砌牆，劃地板線……
再加上：阿頭的呼喝，罵，叫踢……
一座偉大的高樓
在無聲的生活中築成了。
於是，聰明的動物
在發光的蠟板上走動着

在充滿玫瑰氣味的廳子裏
笑着，旋舞着，奏演着
紅色的窗幃
誘惑着黑暗的後街。
一個漢子在走過
挾一雙大腿進去；
兩個漢子在走過
把腳步停止，楞愕着
不敢向裏面探一探頭
因為將會討到了無情的巴掌
他們的生命，腫漠着，僵冷着……
讓溫暖給高樓上底人們搶去了！
那不是我們造成的嗎？
我們的血被壓在磚腳的下面
帶着泥土的濕氣還未乾。
可是，
今夜望着偉大的高樓
他們歎息着被擠捺的靈魂
而更披一夜殘酷底風寒
無言的對着現實嚎哭。
然而忍心的社會，誰肯向你同情
當日高樓的建造者呵！

四　後街的廢物

在生鏽的上層上
在給人擯棄的廢土堆
一些骯髒的「渣滓」
在翻拌着沙塵，微菌，垃圾
在找尋着腥臭的生活底膿包。
一個爛蘋果，幾根魚肉的骨骼
拌着黑黑的溝水
為了生活和狂飢
他得要吞下，然後
再撿拾一些破碎的布塊，爛銅鈿
或是幾口發霉的煙頭
藏在褲袋的裏面
揚翔的向大街搖擺着。
箭條刺向他的肚皮上

箭條刺上他的眼上
帶一身汗淹的鹹酸
骨碌地又向生活的圍縫中攢去
叫罵，喊打
成了他人生獨享的「音樂」。
五十六度的陽光
照在牆根下的赤貧之「家」
沒有暖烘烘的彈簧牀
只有厚硬的地塊當枕蓆
石子樣飛來的冷風
穿過毛管，穿過細胞
抖顫幾下四條無力肢腿
靈魂便走向生活的盡處了。
當生命被載上沉重的「黑車」
世界就這樣的少了一個！

選自一九四〇年十一月十六日
及十二月一日香港《文藝青年》
第五期及第六期

給「香港學生」
——給殖民地根下的一群之一

不喚你
管你的前途向灰色的濃霧裏沉
不喚你
管你的思想跑往時代的絕路
但是，覺得你是可以教養的
我就如教養我的兄弟姊妹
可別再客氣了。

你在物質的樂園中
豢養了你傲慢的習氣
你底生活永遠在沒規則的線上爬行
你一天的功課，除了「格線」式的
　教條
畫幾個修整的圖案表
你便是假效泰倫鮑華的動作
和你底戀友唱一首「愛之歌」

或是買伍毫錢一張入場券
訓練你的「溜冰」技術，比訓練你的
　生活還有恆心
愛你的前途吧，構穩了你的橋樑

選自一九四一年二月香港《文藝青年》第十、十一期合刊

給工人羣

——給殖民地根的一群之二

在殖民地下生活
像在監牢裏萎縮了青春
你看：亮亮的皮鞭猛抽，猛抽
可憐：血流出來了，血流出來了
那些殘暴者還毫不姑息
尅減了你的工資
不給你們麵飽
卻要擠你們的奶。
以全部的青春給他
以飢餓疾病還給你
而且把解散，失業來恫嚇你
他們的心，是比夜更黑！
然而，你們不要懼怕
要更勇敢的生活着。
即使是鎖鏈敲到頭來
你們的力量是會比鎖鏈更強固
只要你們一面工作，一面鬥爭
去團結你們自己，組織你們自己
火焰是在極度的暴力下爆發
無數人期望着你們思想的火焰
你們的行動是美的
與其忍受殘暴者鞭出了血
不如以血證實殘暴者的暴行
發揮吧，發揮吧
社會在支持着你們，真理在支持着你們！

選自一九四一年二月香港《文藝青年》第十、十一期合刊

周為

小屋詩鈔

燈

斗室中
有一盞燈
便四壁煌煌了

誰創造了火
　創造了燈
使人類避開猛獸的噬害……
不獨會得飲食
而且會得思想

現在，在耀白的燈光下
我讀着
一個偉大的思想像一盞明燈
將照澈宇宙

午夜

醒來
透過帳子望到窗外
是澄澈的藍天

星星是多情的
蕩着流水樣的眼波
隔着鄰家屋頂的雜草——
她離離之眉睫

戰鬥的記憶又來撫我了：
想仲夏夜的戰野
摟一桿槍在山巔
聽荒村的雞犬
叫落了明月

冷巷的早晨

當曙光的纖手舉到簷邊
我又聽到可愛的聲音了：
　賣黃瓜的
　賣豆角的
　賣不知名的青菜的
這些純樸的音樂
響亮在冷巷

是從林子外的鄉村
踢着宿夜的露水而來的嗎
穿過了南風中的綠海麼
涉過了瑩瑩的溪水？

祝福啊！
大地的忠實的兒子！
我也有農民的血液
我應該和你們一樣
起得比太陽還早

廿九，六，廿三，望南居

選自一九四〇年九月十一日
香港《星島日報．星座》

將敗的兵

我不知道你們走了多少路，
現在休息在馬路邊。
一團黑一團黃，你們
是一群未打而將敗的人。

把紐扣拉開，把褲筒扯起，
一根根肋骨棱棱，一支腳管包一層皮，
疥瘡和疤疹爬滿在上面；
趁好太陽虱子也爬到衣領上邊。

那邊有幾個用草藥來擦太陽穴，

這邊有幾個膝頭上貼着廉價紅膏藥，
更遠一點有人無力地自己搥着腰樑，
像是一叢叢亂草，
你們的頭髮這麼亂又這麼長！

每人有一套衣服貼滿疙瘩，
每人有一對眼睛餓得發藍，
每一下呼吸都是又疲又緩，
令人擔心那桿槍會把你們壓斷。

許多人從你們左邊或右邊走來，
看一看，又從你們身邊走過。
他們對你們是可憐是憎恨？
用他們的沉默看你們的無可奈何。

卅七，八，廿三。港。

選自一九四八年八月二十九日
香港《大公報・文藝》

森林

一叢叢，一列列沒法分開，
他們出生自廣大的泥土。
像無數的伸手向天空，
要求自由，自由的雨露！

他們肩靠着肩，手靠着手，
根生在地層更互相攀扣！
颶風吹不折山洪摧不倒，
因為他們不是一個，是千千萬萬個！

卅五、五、四初稿，
卅七、八、廿三改寫。

選自一九四八年八月二十九日
香港《大公報・文藝》

失題

想把我們當猴子訓練，
只要你嘴巴一歪，我們就舉手；
我們頸上的鎖鏈和你的皮鞭，
這就是給與我們的可愛的自由！

一再宣傳的拍賣行開幕有期，
十年前的特約顧客都要出場喊好，
要他們硬說是帶了我們的信託前去，
強簽的賣身契變成了書面擔保。

一切都不給我們，只有死亡和監獄，
一切都交給你，只留着笨重的鐐銬，
你口水叫乾，戲法變了又變，
一千句甜言，一萬個姿態都是欺騙！

一九四六年一月三日於香港

選自周為：《往日集》，
香港：宏業書局，一九六一

梁儼然

秋夜之街

夕陽疲倦而無力
消失在遙遠的天涯
路燈：
開始照着街的名字
馱着風塵底旅客的車
於是滿載而歸去

月亮黯淡而軟弱
閃入那冷落的薔薇架下
光暈洗印着我底飄零的影
流浪者的心在顫動
在鼓蕩起戰鬥的血潮

旅人底腳步是輕浮的
彳亍地
踱在沉寂的街道上
迷惘中矗立的洋房
有如失去了將死的生命
只是路邊的野草
留着我們永久的年青

夜之鐵鳥
橫過那寂寞的樓頭
顯露出美麗的青春的笑臉
是誰家的伴侶？
她們輕輕地
從沒有燕子的窗前
發出了玫瑰般的聲韻

選自一九四〇年十一月三日
香港《國民日報・木刻與詩》

海港

陽光淹沒在海之西
暮煙罩着沉重的憔悴
海岸的燈蛇
築成了東方綺麗的堡壘
柔風裏秋月已凋零
只管星光梳洗波浪的絲縷！
啟碇的汽笛聲
帶去了人們飄泊的年歲

歸航上羈旅的遊子的夢
飛向故國迢遙
在這鑽石都市的夜中
把鄉心寄與夜鳥
海風如古代之疾矢
射來清夜的無聊
低沉下眼光
叩着船舷而歌嘯

選自一九四〇年十一月十七日
香港《國民日報·木刻與詩》

江濱草

白日的海

白日的海潮
奔騰呼嘯
沖激着舟子的舵槳
在山石底邊沿
浪花捲起旅人之哀悵
記憶隨海鷗而起伏
心情與波浪激揚
南方的中國海喲
讓自由的波浪歌唱
讓新生的戰鬥力成長

月夜的潮

月夜底波流
泛漾在江邊
遠望幾點漁燈
燃起了心情片片
這，不是家鄉的潮汐嗎？
寒夜風聲
一陣陣滲入心弦
月色朦朧
孕育了飄泊者的悲哀
露水卻抱着枯草而抖顫

一九三九年於香港詩歌研究會

選自《梁儷然詩選》，缺出版社及出版地，一九八〇

梁月清

問

夜，
只聽到時間走過的足音，
有同遙遠的記憶中，
塞外行宮的細雨。
白蠟如風雨飄搖中的孤城，
給時光的風袖掃去一寸又一寸……
搖曳的光影下，
描出一個遊子的孤單，
如空山的枯木。

駝着背穹，
在黝黑無光的桌上，
耕耘那一張張的白紙。

問年少的旅人——
這寂寞的耕耘，
幾時才可以開花？
幾時才可以放下？

一九四〇・深秋・香港

選自一九四〇年十一月十七日
香港《國民日報・木刻與詩》

寂寞的園林——寄陳詠如

鐵窗鎖不住少女的煩愁，
園林泛起了寂寞的清幽。
　如黃鵠破籠飛去，
　如古剎孤尼獨修。
桃花不曾逗起過滿盈的笑靨麼？
春來了，桃花還在，

紫欄干的顏色褪盡了
為失去了昔日的歡笑！

少女依舊婀娜娉婷麼？
誰還見貼在欄上的苗條身影？
誰還聽到輕如蝶飛的溫聲，
死去吧，這無聊的回憶，
風花雪月的憧憬。

「輟彈吧，你這園林詩人——
為我奏一曲；
我是象牙的幸運兒
我有天鵝絨般的溫柔
黃金子砌成的清福，
我沉醉於巧格力克之鄉，
爵士音韻的舞池旁，
我醒來費去半個黃昏，
迴念那留別前的輕吻。

「我驚奇我的饜慾
求快樂於戰鬥的人群，
始知煩愁生於輕吻的當兒
寂寞來自沉醉的舞池，
我生來只是象牙身！
沒有祖國煙烽的培養不成人，
我懺悔了，
收起投給園林的歡笑，
贈與祖國的靈魂，
　正義的烽煙！

別了，
寂寞的園林
慢把桃花盛放，
候迎着我滿載祖國的勝利歸來！
或寄語我昔日的情人
採一束於我為國殤的墓旁」！

鐵窗鎖不住煩愁的少女，
園林泛起了寂寞的清幽。

後記

女友陳詠如君，本來是一個十足的都市小姐，一年前忽告失蹤了，昨日得友人自豫鄂前線寄來的信，說她「活躍工作於此間」。回憶起她失蹤前的一切言行，以及她臨走時的說話，特寫成如上的東西寄之。所以誌大時代中都市女兒的轉變。

作者　二月十九日

選自一九四一年三月二十五日
香港《國民日報・木刻與詩》

亮　暉

難民營風景

一　琴聲

荒原黑夜
那裏傳來叮冬的淒（　）
斷續寒風
有幽咽的伸訴
　「多少孩子沒爹娘
　多少人家走四方
　死的死呀傷的傷傷……」
呵，啞了的絃琴
是誰給以無邊的鬱痛

二　月

雨後底蒼穹
有下弦的殘月
門前漏水
豈是夢裏銀光
今夜
遙遠天邊
縞衣又披上淒涼的里巷

三　屍

早晨的棚邊
有如秋江紅葉
飄呀，飄呀
襤褸的渣滓
疊滿黃土的門前
　「夜來哀苦聲
　死者知多少」
沸釜游魂
那堪劫後底火焰

四　紙鳶

乘着殘雲晚風

去罷，去罷
衝出凍冽的藩籬
掠過昏暗的雲邊
帶去自由底心顆
呈慰壕邊的勇士

選自一九四一年四月十五日
香港《國民日報‧詩刊》

楊剛

寄防空洞裏的囚徒

一

光輝起來呵！我的弟兄
你們的命運不就是一個防空洞
他們把黑暗堆在你們頭上
冷藏室變成了你們的墳墓
聽巖石也傳出了聲音
聽呵，聽呵，
我的心在石巖上面悲鳴
光輝起來吧，光輝起來吧
我的弟兄——
當峨嵋山挾來了暴風雨
我們身窮我們的心是無窮。

二

好好的睡一會兒吧，我的弟兄
你已經太疲倦了
你看你滿臉蒼白——
來，慢慢的躺下來，
我這裏替你拉開了草薦
你只要扶着頭躺下去
你會覺得有溫暖到你身上
雖然這不過是一張草薦

你閉上你的眼睛，不要怕，
也不要想，
就算是在連片的石巖底下
我們不曾夢見一條豺狼
我這就替你點上一盞燈
一支細細的紅燭
只有這麼一點小小的光
牠會照明你蒼白的臉

牠會靜靜的守護你到天明亮

假若不幸會尋到你
把你葬下石底的陰茫，
我會在你身旁坐下
將一支紅旗插上你的心腔
我的母親已經死了
你的媽媽就是我的親娘
假若她問：
「我大寶該長得很高了吧？」
我會說：
「他現在是又紅又胖，
已經在前線管着大槍。」

我不會讓他們把招紙貼在城上
説今天槍斃了一個罪犯，一頭狼，
我會咬破我的舌尖
用熱血噴滿了峨嵋山上
讓後來者不忍在山下徘徊
讓他們遺忘他們的腳步
望着山頂血色的杜鵑而悲歎
念着巖下累累的屍骸
——那些叫巖石悽愴
　而化為土壤的屍骸——
讓他們苦痛，讓他們憂傷，
讓他們寬大
不吝惜眼淚和心腸
讓他們從日夜不息的江流
聽出了億萬生民的號慟
讓他們看出陽光的悽涼

呵，綿綿陰雨正下在我們的心上
呵，靜靜的點上這碗紅燭
靜靜點上我們的眼淚
讓眼淚燒紅巖石吧
讓巖底爆發出如燄的汪洋。

選自一九四一年四月二十九日
香港《華商報・燈塔》

黃藥眠

海濱

我坐在大海的旁邊，
海，正如我所熟知的，呻吟在我的腳下，
細沫好像飛捲起來的白色的花邊
裝飾着那淩亂的岩石的邊緣。

太陽還是安睡在春的濕雲之中，
飛鳥在努力衝向那太陽的上層；
天和海之間蒙着一重白霧，
在霧氣裏浮着伶仃的漁船。

從這兒回到我兒時嬉遊之處
只要一隻船經過一夜的風波，
可是那兒的岸上還插着□人的旗幟，
我怎能回去呢？我只能夠悵望着那北去的
　風帆……

南風在我的耳畔輕流，
牠告訴我那海的對岸正是暮春，
那兒，海一定還是和從前般那麼深，那
　麼碧，
海的浪尖上蕩着從岸上飛來的花片。

十年間，在那塊荒涼的土地上
多少人流下了他的光榮的血而悄然逝去，
又有多少人在消沉中變成了老人，
現在，他只能夠把模糊的記憶編成故事。

只有海還是那樣偉大和沉雄，
牠做了這一切歷史事件的證人

經過了多少次的憂患和艱難，

我在人前總愛守着沉默，
可是海，當我一看見你，我就好像遇見
　故人，
你使我想起了多少的舊事，多少的人物，
喚醒了我多少的光榮的，和悲慘的記憶，
想起了多少的少年時代的美麗的夢境。

幾個漁家的孩子遊戲在我的近旁，
他們雖然襤褸，但我知道他們有的是潔白
　的心靈，
因為過去，我也是貧窮的孩子，
高貴的紳士曾投給我鄙視的眼睛。

一個老婦從漁舍裏出來呼喚着小孩，
她手指着那遠處下垂的怒雲，
海的顏色也突然變成了油一般漆黑，
一隻輪船正朝着那塊怒雲急行。

樹葉像驟雨般打得我滿頭，
海也開始吐出了牠憤怒的白沫，
啊，這是風暴快要來臨的預兆啊，
我得回去，回去收拾一些行李，
是的，我有什麼理由在這島上久停……

選自一九四一年五月二十五日
香港《星島日報・星座》

淵魚

保衛這寶石！

寬闊的人行道上的童車呢，
在綠蔭下，母親推着的？
孩子的蘋果臉還是笑着，
在警報的嗚聲裡。
父親駕了輛送貨汽車，
裝的是飯鍋、衣服、雨傘，
從砲煙的邊境逃來。
三個孩子沒有梳頭、洗臉、吃東西，
母親的眼睛驚惶地睜大，
你還看得出她懷着孕。
她在四層樓的樓梯下，這樣說：
「怎麼不是真的！是真的啊！
不是演習，真的打啊，轟炸……」
只有孩子還笑着昨天的笑，
要掙脫母親的雙臂，
看街上到底是什麼東西響。
這恐怖的聲音終於來了，
攜帶着破壞、強暴，和眼淚，
這些，法西斯稱為他們的「文化」。

這恐怖的聲音終於來了，
曾經咆哮在伊比里半島，
那兒地中海捲着白色的裙邊，
輕拍橄欖樹的海岸。
這恐怖的聲音終於來了，
牠已經一年，兩年，三年，四年……
威嚇中國的城市和鄉村。
牠曾經號叫在巴黎。
倫敦和莫斯科在這聲音下，
提起槍，築起保衛民主的牆。
戰爭像火山一樣爆發，
在全世界每一個角落，
像有一個惡神揭開了全地球的地殼，

戰爭像熔融的岩漿。
太平洋掀起了滔天的浪。

昨天，東方的里維拉，
今天，太平洋上的前哨。
昨天，燦爛的燈火，皇冕上的寶石。
今天，空襲下的街市，鋼帽和步槍。
昨天，消夏別墅的迴廊，
印着主人腳上的沙，
但是，今天蘇格蘭的軍笛響了，
加拿大的高大的客人們上前線，
中國的孤軍再也不必「逃」，
印度的騎兵隊初試他們的戰馬，
「保衛香港，粉碎侵略者」
——是暴風雨似的一個答覆。
這裡有全香港的聯隊，
我們有全世界的援助。

打開地圖，日本的島嶼掛在太平洋，
像一段腐爛的盲腸，
讓太平洋的海岸線像手一樣
攜成一個大圈，
打擊共同的敵人，法西斯日本，
讓太平洋上的島嶼，
排列成隊，
打擊共同的敵人，法西斯日本，
讓戰爭的火焰強壯地跳躍吧，
浣洗這地球上的醜惡。

選自一九四一年十二月十二日
香港《華商報・燈塔》

李志文

三月簡娜馬

「你在想望幸福？幸福算什麼！你在想望工作。」

——尼采

重覆着歲月與流年，
浪漫主義底精靈
終回到白雲之鄉！
遺下了海洋街岸，
再聽不到哽咽似的：
紳士與淑女之悲吟！

詩人焦傷的觸角，
摸索着故園荒廢底棱線，
而今我狂想三月之蘭室！
王爾德生涯，
是否如夢如煙幻狀？

數着此悠長記憶，
覓取風雨底詞句！
「你在想望幸福？
幸福算什麼！
你在想望工作。」
但智慧之泉源斬斷了，
遙向落寂底星辰暝想呀！

若問你在我窮途險歷之痕跡，
像陽光灑着冰雪，
還是遺忘罷！
曾否記得追悼過羽羅？
苦行之人正臨於汨羅江邊；
我等待靈魂之呼唱！

選自一九四二年三月十六日
香港《南華日報・前鋒》

鄉音

聞説故鄉在戰鬥中
是慣常之戰鬥

雖然近來很少夢到珠江
珠江正洪流浩蕩

當他奔馳於山川叢林
當他扶着母親守望
年青的人記着我

選自一九四四年七月十四日
香港《南華日報・副刊》

戴望舒

致螢火

螢火，螢火，
你來照我。

照我，照這沾露的草，
照這泥土，照到你老。

我躺在這裏，讓一顆芽
穿過我的軀體，我的心，
長成樹，開花；

讓一片青色的蘚苔，
那麼輕，那麼輕
把我全身遮蓋，

像一雙小手纖纖，
當往日我在晝眠，
把一條薄被
在我身上輕披。

我躺在這裏，
遠離着太陽的香味；
在甚麼別的天地，
雲雀在青空中高飛。

螢火，螢火，
給一縷細細的光線
夠擔得起記憶，
夠把沉哀來吞嚥！

選自一九四四年一月三十日
香港《華僑日報·文藝週刊》

墓邊口占

走六小時寂寞的長途，
到你頭邊偷放一束紅山茶，
我等待着，長夜漫漫，
你却臥聽着海濤的閑話。

選自一九四四年九月十日
香港《華僑日報・文藝週刊》

贈友

我不懂人們為什麼給那些星辰
取一些牠們不需要的名稱；
牠們閒游在天上，無牽無掛，
不了解我們，也不求聞達。
記着天狼，海王，大熊這一大堆，
還有牠們的成份，牠們的方位，
你絞乾了腦汁，漲破了頭，
弄了一輩子，也還是個未知的宇宙。

星來星去，宇宙運行，
春秋代序，人死人生，
太陽無量數，太空無量大，
我們祇是倏忽渺小的夏蟲井蛙。

不癡不聾，不做阿家翁，
為人之道，全在懵懂，
最好不求甚解，單是望望，
看天，看星，看月；

也看山，看水，看雲，看風，
看春夏秋冬之不同，
還看人世的癡愚，人世的倥偬：
靜默地看着，樂在其中。

樂在其中，樂在空與時以外，

我和歡樂都超越一切的境界，
自已成一個宇宙，有牠的日月星，
來供你做研究，讓你皓首窮經；

而在你的宇宙，我將變成奇異的彗星，
在太空中欲止則止，欲行即行，
給人算不出軌跡，瞧不透道理，
然後把太空敲成碎火，把地球撞成泥。

選自一九四五年七月一日
香港《香島日報・日曜文藝》

口號

盟軍的轟炸機來了，
看他們勇敢地飛翔，
向他們表示沉默的愉快，
但卻永遠不要驚慌。

看敵人四處鑽，發抖：
盟軍的轟炸機來了，
也許我們會碎骨粉身，
但總比死在敵人手上好。

我們處冷靜堅忍，
離開兵營，工廠，船塢，
盟軍的轟炸機來了，
叫敵人踏上死路。

苦難的歲月不會再遲延，
解放的日子就快來到，
你看帶着這消息的
盟軍的轟炸機來了。

一九四五，一，一六

署名林泉居士
選自一九四六年一月五日
香港《新生日報・新語》

我用殘損的手掌

我用殘損的手掌
摸索這廣大的土地：
這一角已變成灰燼，
那一角祇是血和泥；
這一片湖該是我的家鄉，
（春天，堤上繁花如錦障，
嫩柳枝折斷有奇異的芬芳）
我觸到荇藻和水的微涼；
這長白山的雪峯冷到徹骨，
這黃河的水夾泥沙在指間滑出；
江南的水田，你當年新生的禾草
是那麼細，那麼軟……現在祇有蓬蒿；
嶺南的荔枝花寂寞地憔悴，
而那邊，我蘸着南海沒有漁船的苦水……
無形的手掌掠過無限的江山，
手指沾了血和灰，手掌黏了陰暗，
祇有那遼遠的一角依然完整，
溫暖，明朗，堅固，而蓬勃生春。
在那上面，我用殘損的手掌輕撫，
像戀人的柔髮，嬰孩手中乳。
我把全部的力量運在手掌
貼在上面，寄與愛和一切希望，
因為祇有那裏是太陽，是春，
將驅逐陰暗，帶來甦生，
因為祇有那裏我們不像牲口一樣活，
螻蟻一樣死……那裏，永恆的中國。

一九四二，七月三日。

選自一九四六年十二月上海
《文藝春秋》第三卷第六期

獄中題壁

如果我死在這裏，
朋友啊，不要悲傷，
我會永遠地生存
在你們的心上。

你們之中的一個死了，
在日本佔領地的牢裏，
他懷着的深深仇恨，
你們應該永遠地記憶。

當你們回來，從泥土
掘起他傷損的肢體，
用你們勝利的歡呼
把他的靈魂高高揚起，

然後把他的白骨放在山峯，
曝着太陽，沐着飄風：
在那暗黑潮濕的土牢，
這曾是他唯一的美夢。

一九四二年四月二十七日

選自戴望舒：《災難的歲月》，
上海：星群出版社，一九四八

羅玄囿

端陽節

衆人皆醉我獨醒，
史葉中乃有端陽節。

汨羅江陰鬱的江濱，
永恆之夜，
黑暗中有騷人魂，
被蘿帶荔飄過。

化作一朵螢光飛入內殿，
君王悄然望着滿天星斗，
又酡然沉醉了。

歲月默默洗淨騷人的煩哀，
今日端陽節，
沒有甚麼－
只看衆人腹中是汨羅江，
粽子紛紛向肚裏投去。

選自一九四四年六月三十日
香港《南華日報·副刊》

生命沒有花開

我的（　）是一片落葉，
惟有單調與悠閒的綠色。

生活永遠地如此輕盈麼？
有如雲雀飛過野澗，
掉下了的一根羽毛，
沒有聲浪沒有蹤跡。

憒懣蠶蝕着無聊的日子，

把自己當做蝸牛罷；
生命蜷伏在硬殼裏，
沒有聲浪沒有蹤跡。

黑夜裏生命不會開花，
我需要光和熱，
忍耐麼——沉默，
我期待黎明！

選自一九四四年七月九日
香港《南華日報・副刊》

陳實

夜之樂章

一

一個人，
一本破書，
一根香煙，
一個寂寞的夜。

遠方，有
孩子在啼哭，
老人苦着縐了的臉，嘆氣，
年輕人用結實的胸膛，
迎接手榴彈，因為
遠方，在祖國的大地上，
新的戰爭進行着。

難道這些與我無關？
為什麼這裏，
有若出奇的寧靜？
我們聽不見，
看不到，而且
說不出話？
祇想着，戰爭
已經過去了，
現在是和平。
今夜裏，月亮
有一個慘淡的笑臉。

二

我是一個夜行人，
在沒有月亮的晚上，穿過
幽暗的路燈，
踏着自己的影子。

讓滿足的人們熟睡吧，
雖則我心裏，燃燒着慾望，
要大聲唱歌，
大聲哭泣，
大聲咒罵，
然而，我暗暗地祝福，
我愛的人們。

他們沒有幸福，
也沒有溫暖，
我要學一個沙漠的旅行，
在寂寞中穿過黑夜，
撒下憎恨的種籽。

選自一九四六年一月五日
香港《新生日報・新語》

嚴杰人

死魂靈

死者已經埋葬了
在將要到達墳地的時候
扛棺材的照例扛來棺材打了旋轉
使死者因此暈迷
因此辨認不出回來的方向和道路

可是就在這天晚上
死者還是摸索着回來了
他回來看看他一手造成的家
他曾在其中活了一輩子的家
他走到廚房裡去抄檢着
像他生前從田裏做工回來找飯吃一樣
他走到牛欄裡去看牛睡得好不好
像從前他每晚寢前所做的那樣

他用冰冷的手
撫（　）着他的做着惡夢的
而且在惡夢裡磨着牙齒的孩子們
然後走到自己的靈位牌前站着
自己對着自己的靈魂傷心地哭泣

——這是死者的家屬親口對我說的

他們還說在第二天清晨
從鋪在靈堂地面的稻草灰上
看見了死者的腳印
他們因此證實了死者還有未盡的悲哀
還有未了的愛

選自一九四六年九月十三日
香港《華商報》

墓園

這裡是陳死人的城市
墳墓是這個城市的建築
這裡的戶政像人世一樣辦理不善
從來沒有正確的戶口統計
只看這纍纍的墓園
就可知道這城市戶口的繁榮
因為人世戰爭災禍疫癘的横生
從那裡遷居到這裏來的日益衆多
這城市的戶口就日漸發達了
這城市的建築
有用花崗岩石砌成的
盤據在高丘上
傲然地睥睨着一切
有用磚石造成的
它們也佔着比較開闊的地方
阻擋着前面的一派風水
多數的是那些用泥土築成的
它們卑微地擠聚在一個角落裡
還有一些合塚
裡面住着許多的陳死人
從這些不同的墳墓的建築裡
你可知道死者生前不同的階級和身份
你可知道這一個墳墓裡
躺着一個罪惡的靈魂和他底罪惡的一生
那一個墳墓裡
躺着一個屈辱的靈魂和他底屈辱的一生
那一個墳墓裡
又躺着一個倔強的靈魂和他底叛逆的一生
這城市的貧民
把他們的貧窮從生前帶到死後
在那些風雨的夜裡
你可以聽到他們被飢寒絞扭着
發出來的淒厲的哀哭聲
你可以看見他們打着燐光的燈籠
在荒野上尋覓食物

當他們被飢餓逼得走投無路的時候
那些性情猝猛的
那些脾氣暴躁的
那些懷着不死的復仇意志的
就毫無顧忌的鋌而走險了
他們常常幻成種種的形象
迷惑那在黑夜底曠野上的獨行者
把他帶引到池沼裏去淹死
他們常常冒險衝入那插着蒲槍艾劍的
鍾馗把守着的大門
走到人家裏去
扼死那昏睡着的人
於是大家立刻分享着
那尚有餘溫的血肉

那些受人類賄賂的神道來了
馬上又發出一道符籙驅逐他們
或者發出一道敕令
把他們打入阿鼻地獄裏去

挨受着種種的苦役
挨受着種種的酷刑
使他們永遠受苦着又掙扎着
而且在受苦與掙扎之間呻吟

選自一九四六年九月十三日
香港《華商報》

符公望

黃腫腳

香港地頭本來細
而家越搞越多人
多到冇得計
旅店頂晒籠
茶樓座滿位
戲院更交關
隔夜定票都冇得睇
間間洋樓塞滿人
從天台瞓到騎樓底
架架電車擒滿人
好似個甴曱摟滿成身蟻
有事去上環
重迫過去輪米
一下唔小心就拍咧一聲
迫啉人地嘅玻璃柜
香港咁多人
多到咁巴閉
點解重拖男帶女密密咁嚟
唔知內地又試搞乜鬼
呢隻黃腫腳真係不消蹄

選自一九四六年十二月二十九日香港《華商報》

再談一次天

記不起是那一年
我們同住在亭子間
你整天發牢騷
拚命喝酒抽煙

在一個下雨的晚上
你酒後失眠

要我陪你談天
你說：
「這兒沒有陽光
沒有青天
連一根綠草也看不見
這樣沉悶黑暗
那像是個人間」

那時候
你打聽了路程
還借了一點錢
説追求你的理想
要走到遙遠的那一邊

今天啊
遙遠的理想
就在你的面前
你呢
還躲在亭子間

似乎沒有看見

朋友啊
要是你還會失眠
好不好
我們再談一次天

選自一九四八年五月十五日
香港《華商報·周末版》

杜　埃

生命的歌

珠江的水要奔流
水裏的魚要遨遊
——痛苦的南方呀
——呼喚自由

黃鶯兒要歌唱
唱得大地回春，百花開眸
我們的人民呀
也要有說話和歌唱的音喉

紅棉樹顯示生命的熱烈，
開滿紅花朵朵
人民的戰士為着自由
願將鮮血與紅花相比

黃頽的山知道春來發綠
叫稀落的林野長得青葱，繁茂
我們的土地也要蓋上綠色
用解放的手
使它肥沃豐收

小雛兒要有一個溫暖的窩
野鳥也能雙飛對宿
我們的兒女無疑要有一個家
讓夫妻長久歡聚
永不再有哀愁

蜜蜂們〔懂〕得用生命來防衛
螞蟻〔們懂〕得勞動和享受
我們百姓一定知道打擊好戰者
為〔集體的〕享受
懂得用行動去換自由

珠江的水要奔流

呵！被絞殺的南方
每個生命
渴想自由

選自一九四七年九月二日
香港《華商報・文藝副刊》

綠草地

野菊花在秋天裏開放
臘梅花在嚴冬裏飄香
田舍圍繞着村（　）（　）
民主的歡唱在高高的山崗

翻身的隊伍
湧現在鄉村的四野
如洪流一樣的奔騰
閃耀着解放的紅光

民兵們在勞動中作戰
在勝利中保衛村莊
自由，創造了富足
勞動，消滅了災荒
無數萬千的手臂
共攀這幅開花的綠草地
去批判那法西斯地區的荒涼

一九四六年舊作

選自一九四八年六月十八日
香港《華商報・熱風》

金帆

香港，讓我輕輕地搖你入睡

讓我輕輕地搖你，
香港，讓我輕輕地搖你入睡，
用我這大海的夜歌，
用我這溫柔的綠波。

你為什麼總不睡覺？
睜着千萬隻紅綠的眼睛，
深夜望着天庭，
天庭上撒滿藍色的星，
星在笑得流淚。

你好像歡喜又好像哭泣，
你帶着人間的悲歡榮辱，
你看見人們走在你的街上，
你聽見人們在為金錢而噪鬧。

香港，讓我輕輕地搖你搖你，
請海風來吹黑你的山嶺；
自從外人來到你的懷中，
你便夜夜都是失眠……

選自一九四七年十二月
上海《詩創造》第六期

南風的消息

讓我進來，讓我進來，
讓我進到你的房中來，
不要關着窗門睡覺，
我要告訴你春的消息。

我是由太陽燦爛的地方來的，
那裏的海鍍着金，鍍着銀，

那裏花開滿山，田野結滿果，
那裏人們工作了，就唱歌，
那裏沒有冬天，寒冷的冰雪
不會去凍結那青綠的海岸，
那裏的姑娘笑得像朝霞，
那裏的媽媽抱着花，
我帶着花的芳香給你，
我帶着太陽的光亮給你。

你這裏沒有溫暖，
寒冷的冬天在四面霸佔，
門前的樹木光着身子，
樹木下有孩子在戰抖；
我看見荒野的大路上
有豺狼的足跡和點點的血污；
這裏芳香的花朵長不出來——
老年人在爐邊搖着悲哀的白髮。

打開你的窗，打開你的門，
讓我進來，讓我進到房裏來！
讓我帶着你渴望的消息給你，
讓你起來迎接美麗的春天……

選自一九四八年二月
上海《詩創造》第八期

夜行人

一、輕蔑的唾液

我要向這卑污的土地，
吐一口輕蔑的唾液！
這裏是一堆垃圾，
無數的蟲們在上面打滾。

好呵！向我們伸出狗的鼻子吧！
好呵！向我們揮舞染血的屠刀吧！
你，你這末日來臨的魔鬼，
看你快要在我們面前戰慄！

你的寶座已經在顫震了，
古舊的碉堡就要崩塌了；
呸！我要向這卑污的土地，
吐一口輕蔑的唾液！

二、明天又要趕路

媽媽，打盆熱水給我們洗洗腳，
媽媽，夜路很黑，到處伏着惡狗；
天氣真冷，微風更加細雨，
泥濘的路，連襪子也濕透……

媽媽，你幹嗎想哭，幹嗎要慌？
我們人很多，一定可以趕走豺狼。
不要担心我們的生活，我們很好，
不見我們男男女女有説有笑？

媽媽，快打盆水給我們洗洗腳，
今夜走過許多路，要好好睡一覺。
夜深了，請小心關好四面的窗戶，
明天一早我們又要趕路……

三、夜行人

月亮把我們的影子，
長長地投在田野的説上，
月亮在溪中跟着我們奔走，
抬頭一望，它卻站在兩邊的山崗。

我們的腳步多麼輕捷
我們走去拍朋友的窗門：
嗒嗒——於是朋友輕手又輕腳，
打開他那溫暖的房門。

我們坐在深夜的爐邊，
深紅的火焰照亮我們的臉
據説，聖潔的火原在上帝那裏，
賜給那個天神偷來黑暗的人間……

四、笑

穿着破爛的布鞋，穿着唐裝，
走過荒山，走過城市和村莊，
石子印傷我們的腳底，
生滿了水泡又生水泡。

太陽照着前面的路，
風帶去我們爽朗的笑，
春天向我們笑着走來
看我們的腳步多麼驕傲。

我們走過的土地，
就要開出美麗的花朵。
笑吧，一切勞動的人們，
春天的日子是屬於我們！

選自一九四九年五月一日香港《中國詩壇》第三輯「生產四季花」

盧環

新墟呵，新墟

新墟呵，新墟
我好像聽見一片熟悉的舊歌聲……

簡直和別處的墟場一個模樣——
十來間店鋪，
開設在馬路兩旁
懶洋洋地，靜悄悄地
新墟呵，新墟
它的血流得很慢
它沒有夢想

是什麼店，我分不清
櫃台上面，油污和着灰塵
灰塵上面，一本流水賬
一塊破算盤
　一支禿頭的，從來不套的毛筆
櫃台前面，陳列着
夏天沒有賣完的汽水
　瓶上蒙着灰塵
桔子，蘋果，也蒙着灰塵
紅的糖，綠的糖
圓的，扁的，大大小小
　分裝在有許多麻點的青玻璃罐裏
壁櫥上，堆着花花綠綠的
紙張，火柴
　美國罐頭，信封，
　還有一個小紙盒裝着郵票
櫃子裏，通過磨紋模糊的玻璃
　有和走江湖的貨郎擔子上一樣
繁雜的貨色
　——針，線，女人的髮夾，仁丹，十
滴水
　　衣扣，手帕……

還附設了飲食部
角落裏，一個油煙污黑的灶
一根竹竿，掛着
幾條暗紅色的豬肉和牛肉
爬滿了蒼蠅
灶角上堆了些白菜，和麵條
這裏，還有一間剃頭店
長時有人躺在剃頭椅上，
歪着嘴在挖耳垢
兩面不一樣大小的鏡子
左邊一面照出人相是長頭的
右邊一面照出人相是凹臉的
店門口堆着垃圾，死老鼠和死小雞
而且天天晾着大大小小的衫褲

我這樣寫了
你一定會想到你也曾到過新墟
並且對它非常熟悉

無論你從幾遠跑來
你都覺得新墟沒有陌生的痕跡
你會說「什麼都似乎見過的」
你會和麻臉的老板點頭
而他也很自然地和你招呼

新墟呵，新墟
它的血流得很慢很慢
而且，它不安地沉睡着⋯⋯

一九四八年一月
香港青山新墟

選自一九四八年三月
上海《新詩潮》第三期

犁青

翻身的夜

彭
彭
嚓，嚓……

冷的夜裏
天上
沒有星星
月亮，躲進淡雲裏
靜謐的鄉村
槍聲響起來了
手榴彈爆炸了

歪嘴伯
心卜跳醒來
急忙爬下床
揸住了扁家伙
聆聽着……

是一陣聲音
響亮的劃過天空
告訴阿叔阿伯
説鴉片張抓到了啊
要大家出來分穀分糧食

歪嘴伯
馬上意識到
是老共來了
他想起半個月前
老共來到鄰村裏
他想起了朋友獅
半夜裏分到五十斤大米
他想起了狗姆嬸
殺了一條豬敬紅軍

意外得到三倍豬價七百萬元

歪嘴伯
盼到了啊！日日夜夜
揸住了大麻布袋
一管煙功夫
走到鴉片張家裏

鴉片張的家
被老共們住上了
穀倉的鐵門被打開了
鴉片張
被老共們拖出來
歪嘴伯
擠在人群裏
他鼓着圓眼睛看看鴉片張
也看看兩排荷槍守穀倉的紅軍……
有一個年青力壯的好漢子
跨前兩三步
走到鴉片張面前
把他的頭挽抬上來

他大聲說
「你這條棍
害死這村裏多少人
你自己算算看啊！」

他又轉對群衆們
和聲的說
「各位阿叔阿嬸
大家想想他怎麼辦
現在是衆人出聲的時候
大家不要害怕
想說就說啊！說啊！」

歪嘴伯
他想有許多話說
但又不敢說

他看看大家
都是你望我，我望你
只有囁嚅、埋怨

這班老共去了
殺人隊又走回來
有錢的，狗官們還是當頭

歪嘴伯
心裏很着急
肚子內的十八尺絲線打了結
亂麻麻地解不開
好在沉寂半刻後
有一個十五歲樣的孩子頭
他勇敢的站起來說
「阿伯阿叔
他抓走俺父親
他逼死俺母親
現在俺要報仇

殺死他——」

嘩嘩地說話的人多了
歪嘴伯
心裏興奮得狂跳
他張開了口喊叫
想讓自己的話聲壓倒喧嘩
口沫濺出來說
「要除根啊！要殺頭！」

是啊！
「要殺頭！
「要殺頭！」

群衆的聲音激動地呼喊啊
群衆的聲音嚇住鴉片張啦
鴉片張
死般的僵直着
冷汗在額上顆顆泌出來

年青的老共好漢子
臉上現着和靄的笑
他伸手示意群衆們別出聲
說：「各位阿伯阿叔
　　鴉片張確是條惡棍
　現在把他的穀子平分給你們
　至於殺死鴉片張本人
　還是讓我們綁走他
　慢慢地調查和審問」

歪嘴伯高聲叫起來
「這才好啊！」
小孩子們，也任性的喊叫啊
阿伯叔，阿嬸姆們
眼淚都擠出來了
　　迸出來啊……

就在今天夜裏
他們每一個人分到五十斤大米……

群衆慢慢地散開回家了
幾個年青農民還滯着不走
歪嘴伯
想走前去跟老共們說說話
但又不知道感激話該怎麼說
只是當他看到幾個年青人
參加了隊伍
他才激動地跑去對好漢子說
「隊長，隊長
俺五十斤米挑回去養俺老母
俺趕來
你們要等我
　　要等我」

一管煙功夫
歪嘴伯走到了家裏
當他說了一聲，走回頭時
天上
星漸漸微了

月亮，漸漸地淡了
黎明前的天
明朗了
明朗了

選自一九四八年五月香港《新詩歌》第八輯「被迫害的行列」

沙　鷗

送葬

告訴我，今天是什麼日子，
是誰家把喪事做這樣大的演習，
你看，學校商店都關門休假，
大半個港九正掛了半旗。

炮仗的聲音噼噼啪啪，
巡行的列車也琳瑯富麗；
還說有好多車輛觸了「雷」
怕過份哀傷影響了居民的情緒。

這張巨幅遺像我見過，
光光的頭頂你們也熟悉，
那張粗眉大眼的該會是鄉下姑娘？
有人說他才演過一場好戲！

哎呀！這裏真算得是洋地方，
死了人還是這樣歡歡喜喜，
花兒草兒搞得大紅又大綠，
樂隊的哀樂也奏得過份緊急。

且讓我先來說香港，
送葬列車正向修頓球場駛去，
「出殯」的白燈籠當然有，
汽車的裝潢也很整齊。

學生唱哀歌、外加中西哀樂，
這個場面本來就十分別致，
難怪萬頭攢動，人來人往，
自由神站在天秤也上披了孝衣。

童軍的喪車更是氣魄大，
那全是武士道的東方設計，

機槍、大砲、應有盡有，
生怕亡魄受了寂寞孤悽。

送葬的大行列在十點半出發、
浩浩盪盪略嫌帶了一點血氣，
叮冬的鼓聲使人想起魂歸極樂，
一陣破啞的口號又使人要哭泣。

九龍半島也是悽涼滿目，
八點鐘麥花臣球場就開始擁擠，
千百人眼望着兩幅遺像，
都呆呆地像憂愁得沒有聲息。

孝男孝女忙得滿頭大汗，
寧國府賈母出殯也不過如此，
喪車只能開出了廿五輛，
吹鼓手帶隊巡街巡了兩小時。

人說亡人的「德政」多，
幾十年也講不完他們的醜事，
屠夫兼流氓僅是小官銜，
與美國佬還有一段羅曼史。

送葬的行列很快就走過
港九又回到了老樣子，
炮仗與賣花的老板賺了錢，
這種出喪他們願意一天有幾次。

看晚上灣仔的彩色煙花，
來形容鬼門關的豪華美麗，
袁世凱世家又將千古兩個，
應記住五二零是送葬的預演日期！

四八、五、二〇深夜

選自一九四八年六月香港《新詩歌》第九輯「血染紅了華山」

菜場

太陽也不過剛剛翻身，
菜場就這樣鬧吼吼不清靜，
長辮子女人穿過來又走過去，
開檔的忙着收錢忙着提秤。

雞鴨鵝的區域實在臭氣沖天，
鮮魚的腥味也使人惡心，
木屐的聲音咵咵咵地四面響，
污水裏菜屑與口痰在打滾。

買菜的人在這裏分成幾等，
有好多是把雞肉檔看為禁城，
「點解又起價」痛苦的問問，
幾毫子吃一天已算在硬撐！

選自一九四八年九月十五日
香港《文藝生活》海外版第六期

黃　雨

蕭頓球場的黃昏

一個異國詩人説，坐在四等車裏，望着那些多縐紋的農民的臉孔，你會哇的一聲哭出來。朋友，黃昏時候，你到蕭頓球場來走走吧，看着那些臉孔，你也準會哇的一聲哭出來的

在這彩色的燦爛的都市裏
蕭頓球場，是慘澹的沙場
鐵柵和煙霧的朦朧圍困着破布似的兵士
各各佔據一個小據點
進行着生活的慘鬥
打架的，爭奪的，偷盜的
叫喊的，叱喝的，詈罵的，啼哭的
是那一個悲哀的藝術家
塑下了這痛苦的群像
看哪，那個賣金山橙的小伙子
拿着刀，拚命的叫着
彷彿要殺死經過他攤前的人們
彷彿迫害狂者在喊救命
今晚，他能賺幾個錢呢
站在他身邊的衰老的母親
淒然凝視着兒子
我怕她要突然哭出來了

看哪，那個賣藥的好漢
在哀號的破鑼聲裏
揮動着誇張的拳頭
那樣激動，那樣緊張
那樣死盯着周圍的看客
他要甚麼
他要一對同情的眼睛嗎
從那嘴唇噏動的姿勢
和眼睛的斜視

朋友，你會想到
他在五湖四海裏
經歷了多少險惡的波濤
他曾在亮晃晃的刀尖上
翻了幾多次筋斗
你會擔心他
明天，將會在那一個松林裏
或那一個私娼的窩裏
或那一張雅片煙榻上
碰到了怎樣的惡運

而這個看相的老者
竟是這麼沉默的靜坐着
任晚風吹動他的稀疏的斑斑的鬍子
他的深邃的智慧的倦怠的眼睛
茫然望着擾攘的人們
如一個絕望於塵世的老道士
他怎能排遣自己的憂鬱
交給他研究的臉孔
交給他推算的命運
沒有一個不是悲哀的
他日日夜夜
給頹敗的生命，
塗上希望的彩色
讓他們再裏創博鬥
而把空虛和悲愴
留給了自己

麇集在這裏的是熟食攤
賣螺的，賣蜆的
賣牛腩狗肉的
賣不知什麼動物的臟腑
賣從酒樓倒來的殘羹
（殘羹裏混和着紳士們含有梅
　毒菌的口水嗎？）
看哪，賣牛腩的
把汗水，鼻涕，圍巾上的油污
一起拌在牛腩裏

又把那個麻瘋吃過的碗子
洗也沒有洗
就裝了一碗牛腩
送到那孩子的面前
那孩子是吃得這樣津津有味呀

這裏却是賣書的
賣房中術
賣推背圖
賣牛精良大鬧香港
賣風流寡婦的自傳
那個穿長衫的中年人
看得那麼入神
口水也滴了下來
他在讀着甚麼書呢

而你，這拖長辮子的女人
為何獨坐在石頭上流淚
給主人驅逐了
還是給丈夫拋棄了
而你，這擺香煙的婦人
為何鞭打了兒子又自己哭泣着
而你，這長頭髮黃面孔
蹲在地上的中年人
為何用火柴枝劃着圈圈
你要向嚴肅的土地
找尋什麼痛苦的答案……

呵，是那一種殘酷的風
把你們從天南地北捲在一起
天地是如此廣闊
為何偏偏選擇這片土地
這片如此灰暗什沓，喧嚷的土地

今晚，走在你們的身邊
我彷彿在讀那本破爛的舊小說
我們不是曾在那小說裏
多次地相遇傾談嗎

我知道你們為何叫喊
為何流淚和發愁
我正要找尋那帶大竹笠的流浪漢
他在那裏，朋友，告訴我
我要告訴他
別去投奔柴大官人了
朋友們都在梁山上等他哩

然而，舊小說早就破爛了
你們還要在這裏逗留多久呢

一九四八、九、十二，改竣

選自一九四八年十月七日
香港《文匯報・文藝週刊》

給露宿者

塗着滿身彩色的貴婦
説着異國語言的紳士
依偎在流線型的金車裏
飛射過紫色迷離的光波

金車掀起的風沙
散落到了露宿者的身上
你們，這依偎於騎樓下的一群啊
在夢中也感到風沙的欺淩嗎

你們正夢着什麼呢
夢見了警察的皮靴
夢見了飢餓，寒冷，斥逐
還是夢見回到破碎的故家
在失去的田園上
流淚
徘徊

你們也夢見了我嗎
我這個像你們一樣卑賤襤褸的流浪者
今天，曾徘徊在你們的身邊
聽着我們的鄉音而惆悵

我看着你們中的一家
女的在洗着一撮買來的飯焦
男的蹲在殘磚砌成的小爐邊
燒着斷屐，竹片和新聞紙
一個皮包骨頭的孩子
骯髒呆笨如小泥人，坐在石頭上
不動，不語，不笑也不哭
那神情可迫着別人要哭出來

這邊，一對男子在吵架
為了爭奪買來的殘羹裏
一根人家啃過的豬骨頭

那邊，睡着一個產婦
失神的眼睛
呆望着蒼天
臉色蠟一樣蒼黃
一手摸着貓兒似的嬰兒

啊，難道是為了尋求這樣苦的生活
你們才來到這個叫做天堂的城市

可是，你們走錯了一步
天堂原來是在這地獄的隔籬
而那裏實是一片森嚴的禁地

讓高貴的同鄉們吐着口水走開吧
讓那些狂妄的異鄉人
縐着鄙夷的眉頭
說着「無出息的潮州佬」吧
弟兄們呀，我要擁抱着你們痛哭
我們都是被放逐和被踐踏的
我知道是誰迫你們變成這樣子

是誰迫你們到這地獄裏來

可是，你們也知道嗎
迫人流亡的人快要流亡了
就在今天你燒掉的那些新聞紙裏
有許多許多好消息呀

我們的同被逼迫的鄰人
已經拿起了槍桿
站在揭陽嶺上
向着失去的土地
開槍了

還要在這裏做着痛苦的夢嗎
還留戀這騎樓下的冰冷的水門汀嗎
還留戀這飢寒，污穢，被賤視和被糟塌的
生活嗎
回去呀，回去呀
用你們這跟生活搏鬥的
驚人的倔強的毅力
去奪回那失掉了的田園家屋
去奪回那被剝奪了的人的尊嚴

我的弟兄們呀
願我這喃喃的鄉音
這投射在你們身上的眼光
和熾熱而悲涼的感情
能夠闖進你們的夢裏去

選自一九四八年十一月十一日
香港《文匯報・文藝週刊》

上海街

上海街
骯髒的街
發散着人的惡臭的巷

它出售各種各樣的贋品
出售人類的奸險
和最卑劣的聰明

一個花言巧語的商人
用一領粗糙的舊氈
騙取一個鄉下人的高昂的價錢
又用醜惡的輕佻的都市語
譏諷這可憐的老實人

一個嘴唇薄薄的伙記
對一個穿灰色短衣的婦人
搖幌着一件五顏六色的外套
又用鄙夷的眼睛斜視她——
你配穿這樣美麗的新裝

一個修飾潔淨的老闆
笑容可掬地引誘一個年輕的學生
又惡狠狠地恫嚇他
要他買支冒牌的派克

一個養得胖胖的老闆娘
張開了血紅大口
辱罵着一個西服破舊的青年
「看你這樣子也要來買東西」

那穿長衫的，一表斯文的賬房
卻在算盤的珠子間
籌劃着欺騙的詭計
和貪婪的陰謀

（唉。是那種殘酷的力量
教你們如此深深地墮落呢）
是那一個無行的藝術家
還畫下這些肉感嬌媚的女人
教她去為他們招徠
是那一個無行的文人
還在他們的廣告板上

寫下這些美麗的謊言

而這個剛剛跨進人生領域的學徒啊
竟用他的善良的飢渴的眼睛
吸取着這些寶貴的智識
他的無邪的藍眼混濁了
他的潔白的吸水紙似的心地
也已沾染斑斑的污跡了

上海街
你這骯髒的街
你這發散着的人的惡臭的街呀

選自一九四九年一月十三日
香港《文匯報・文藝週刊》

殘缺者

聾子

不要裝得這麼神氣
不要無緣無故地傻笑
不要牛頭不對馬嘴亂說話
你究竟聽見了什麼呢

你聽見射過江南來的炮聲嗎
你聽見慶祝解放的爆竹嗎
你聽見人民在呼喊什麼
你聽見垂死者怎樣呻吟

你媽媽空給你生一對耳朵
永遠聽不見時代的聲音

瞎子

你長年在黑暗中摸索
你看這世界是——一團烏黑

你看不見光
看不見色彩
看不見花朵開了
看不見紅旗飄揚
看不見一切美麗的東西

於是，你不相信這一切
你否認這一切

你，有眼無珠的人呀

啞子

上帝給你一個嘴巴
難道僅是為了吃飯和吐痰

被壓迫的時候
你不抗議
被委屈的時候
你不申辯
在不平的面前
你默然無語
而到了今天
你也不高唱歡呼

你經歷了多少悲歡苦樂
而永遠沒有聲音
可憐的人呀
你為何要生一個嘴巴

一九四九年二月十四日

選自一九四九年二月二十四日
香港《文匯報·文藝週刊》

走出夜街

走出這夜街吧
多麼暗澹崎嶇污穢

而又淒冷霉臭的小街啊

你拉着悲愴的北方小調
販賣京胡的流浪漢呀
你憤憤不平
敲着淒厲的竹板
叫着賣糯米粥和臘味飯的小販呀
你安分守己
在街邊擺賣魚丸粿條
任那個斜戴氈帽的黑手
來勒取「息錢」的潮州佬呀
你蹲在寒風中冥思深索的
黃包車夫呀

你夜夜從街頭摸到街尾
永遠找不光的
敲着鑼子丁丁的算命博士呀
你用憤世嫉俗的聲音
叫賣南乳花生肉的老伯伯呀

和你們——
這些懷才不遇而放盪不羈的
在騎樓下打牌的男男女女呀
統統走出這夜街吧

你們為何要組成這夜街的悽涼
又長久地浸在這悽涼的夜街裏呢

來吧，和我和我的朋友們
——這群歡笑着的少男少女
一起走出去吧
我們剛從那小樓上開會下來
我們就要走出這夜街
（　）（　）離開這暗澹崎嶇污穢
而又淒冷霉臭的小街了

選自一九四九年三月十七日
香港《文匯報·文藝週刊》

王巨儒

夜泊船

拖了海上波濤的疲乏
你泊入避風港，像偃卧在藍絨墊上
套起港灣裏晚風的睡衣
你也倦了，倦了。

鬆下錨鍊好似滑掉了一圈軟腰帶
這一程遠航

你瘦了：
水手為你拭抹着腰身的時候
你自憐於你影子嵌入水底砂
可惜夜色太深，太深。

闔上你的窗子，(你睡着了嗎？)
桅頂一盞風燈替你守夜
是你無名指上的指環
說你冷清，冷清

選自一九四八年十二月十二日
香港《華僑日報・文藝週刊》

夜行的構思

歡喜走最黑最黑的街
感謝它，像感謝路標指示迷途
因為看不見了自己
腳步牽着腳步，如手溫手
呵，是你陪伴我？你，你心啊。

多荒誕的人情
水淹了水似的了解
一片充滿的空曠。

摸得到的懸崖的溫暖。
黑邊畫框裏鑲定一張漫（　）的激盪。

轉開了路角
有人抽一口銀青寶刀
割斷密排的黑蒺藜　滿街白色的血
驚愕路燈濾出我的影子
像隻黑蝙蝠撲在花牆上。

選自一九四八年十二月十二日
香港《華僑日報・文藝週刊》

失眠

落荒走了一夜長路
世界原竟是這麼小
躲在四壁陡立的記憶的牆裏
一眼望得見距離移動着距離。

你我想寫的歷史多短
不曾成書已經被透明的風吹亂
「呼！」關上世界最末的一個窗戶
隔絕了一切也不後悔

土地做了新婦
嫁給第一個耕耘她的人：
用犁牛，種子來迎親
莊前十字路口朝陽趕來送一柄金傘
我嫉妒的在床上翻了一個身
想扭轉出滿天星斗，一個黑月亮。

選自一九四八年十二月十二日
香港《華僑日報・文藝週刊》

胡明樹

詠九龍城風景砲

嘉慶七年仲春月
署廣東巡撫（　）院湖
協辦大學士兩廣部堂覺羅吉
提督廣東全省軍門孫
廣東都轉鹽運使司包
督造五千觔大砲一位

——九龍城土砲身上文字

九龍城，已無城
九龍城內不完整

街道不完整
屋宇不完整
只有兩位完整無缺的土大砲
一位五千觔
一位四千觔

左邊是居民聯會會議廳
一年之前何熱烈？
今年此時何沉靜？

右邊是旗竿一柄
一月前旗幟飄飄好風景
今天為何冷清清？

民主時代笑嘉慶
笑你一代寵臣們
督造的土砲不能衛城
只合後代飾風景！

註：城牆為日敵時代所拆。

選自一九四九年二月十六日
香港《大公報·文藝》

頭二等的聯合戰線

人們說：香港社會，沒有二等。

在電車上，沒有；
在輪船上，沒有；
在新近通車的二層巴士上，也沒有。

有，是有過的
只是跟着香港社會的發展
牠漸漸地被消滅了吧了。
不信，請到廣九路的火車站看看吧
你可以在那裏
找到牠的遺跡。

一條看不見的界線，把車站剖作兩邊。

車站的右邊——
站長室的隔壁：頭二等餐廳
餐廳的鄰室：頭二等女廁
女廁的鄰室：頭二等男廁
還有頭二等的指標
還有頭二等的售票處⋯⋯

在相反的那一邊——
置物室的隔壁：經濟飯菜部
牠的鄰室：三等女廁
女廁的鄰室：三等男廁
還有三等的指標
還有三等的售票處⋯⋯

沒有中間路線，二等是站在頭等那一邊。
勢力孤單的頭等早就邀請了二等
採取了聯合戰線——而且合併了。

看吧，從廣州來的二等客
一出火車站就分化了：
他們幾乎全部走上了輪船的頭等艙。

選自一九四九年五月香港《中國詩壇》第三輯「生產四季花」

何達

火葬

我們含着淚圍繞在火葬場
焚屍爐悲哀地冒着白煙
死者啊
我們呼吸着你的血肉了
火焰消鎔了你週身的彈痕
把仇恨的標幟
　移交給我們的記憶
啊，鋼鐵般的記憶
　銅像般的記憶
刻劃着你戰鬥的一生
讓我們抱走你的骨灰
這骨灰——是革命的火種啊

選自一九四九年二月二十八日
香港《大公報・文藝》

我的感情激動了

我的感情激動了
像工廠開工了
勝利的汽笛吼叫着
我全身的精力動員了
我像工廠一樣轟響着
像工廠一樣忙碌
像工廠一樣興奮

像工廠一樣
我冒煙了
我發電了

我創作了
我快樂了
我的力量被解放了
我是一個自由的公民了

朋友們
從集中營走出來的朋友們
從陰暗的角落裏走出來的朋友們
打開你們束縛得很久的肋骨
痛快地吸氣，痛快地笑吧
為了鬥爭而流亡失散的朋友們
你們都好麼

讓我們都站起來，像巨人一樣
讓我們互相望見
讓我們冒着煙互相敬禮
讓我們像工廠一樣建設我們的國家！

選自一九四九年三月十日香港
《文匯報・文藝週刊》

就是這一雙手

看，就是這一雙手
鋤過地的
就是這一雙手
打過鐵的
就是這一雙手
放過槍，殺過人的
就是這一雙手
扯起紅旗的

就是這一雙手
搗碎統治階級
就是這一雙手
鋪平道路
鑿穿山洞
指揮太陽工作

就是這一雙手
就是這一雙手

選自一九四九年五月香港《中國詩壇》第三輯「生產四季花」

作者簡介

L.Y

生平資料不詳。一九二四至二五年間於香港《小說星期刊》發表舊體詩詞、白話新詩、散文和小說。

許夢留

生平資料不詳。一九二四至二五年間於香港《小說星期刊》發表文學評論、新詩和小說。

靈　谷（1909-1990）

本名陳振樞，又名陳仙泉，另有筆名仙泉、白水、陳白、陳默之、陳季子、葛雷夫、胡為等，靈谷為常用的筆名之一。一九二〇年代中曾任共青團海陸豐地委宣傳部長，一九二七年「大革命失敗」後到香港，三〇年代參與香港島上社的文藝活動，參與《島上》和《鐵馬》的創辦。曾任香港《大光報》副刊編輯，一九三二年參加十九路軍淞滬抗戰，擔任戰地宣傳工作，編印《血潮》日刊。淞滬抗戰結束後回香港，與丘東平合編《血潮彙刊》在香港出版。一九四九年後在中國內地生活和工作。

李心若（1912-1982）

廣東新會人，二〇年代末就讀於香港英華書院，並開始寫作新詩。三〇年代初就讀於廣州中山大學期間，結識李育中、陳江帆、侯汝華等詩人。一九三〇至四〇年間在香港《英華青年》、《南強日報・鐵塔》、《時代風景》、《紅豆》、《星島日報・星座》；上海《現代》、《新詩》；蘇州《詩志》等刊物發表詩作。

杜格靈（？-1992）

本名陳廷，又名陳小蘋，另有筆名羅波密，孟津等。三〇年代在香港《珠江日報》工作，並於《今日詩歌》、《小齒輪》等刊物發表詩作，一九三四年與侶倫主編《南華日報》副刊「新地」，三五年有訪問李金髮的文章發表在上海《文藝畫報》一卷三期。三六年與劉火子、李育中等組織「香港文藝協會」。

巴　度

生平資料不詳。一九三三至三四年在香港《小齒輪》、《今日詩歌》、《南華日報・勁草》發表詩作。

林英強（1913-1975）

廣東梅縣人，一九三二年間就讀於廣州中山大學，三二至三九年間，先後在香港《繽紛集》、《今日詩歌》、《時代風景》、《紅豆》、《南華日報》、《大眾日報》；上海的《新時代》、《現代》、

《矛盾》、《詩歌月報》、《新詩》；北平《小雅》、武漢《詩座》、南京《橄欖月刊》等刊物發表新詩和散文，曾任廣州《星期報》總編輯、東方作家協會主席。一九三九年從香港移居南洋，任職於馬來西亞及新加坡報界。

吳天籟

生平資料不詳。一九三四至三五年間在上海《現代》、香港《時代風景》發表新詩。

李育中（1911-2013）

筆名李航、韋舵、白廬、李遠等等，廣東新會人，香港出生。分別在澳門和香港接受中、小學教育，三〇年代初曾任職於香港工務局，及後曾任翻譯、中學教師。一九二九年開始寫作，一九三四年與張弓等創辦《詩頁》，三六年與劉火子、杜格靈、王少陵等發起成立「香港文藝協會」。三七年與魯衡創辦《南風》，並任主編，三〇年代至四〇年代初在香港、廣州、桂林、粵北等地工作，戰時在桂林參與《中國詩壇》的復刊，參加桂林文協分會，並在內地多份報刊發表大量戰地通訊。戰後在廣州從事教育工作，任教於華南師範大學中文系。三、四〇年代在香港《大光報》、《天南日報》、《南強日報・鐵塔》、《南華日報・勁草》、《工商日報》、《星島日報・星座》、《今日詩歌》、《紅豆》、《時代風景》、《南風》；廣州《烽火》、《文藝陣地》；桂林《野草》、《詩創作》、《文學批評》等刊物發表詩作、散文、評論和翻譯。

易椿年（1915-1937）

一九三四年與劉火子、戴隱郎等創辦《今日詩歌》，三五年與侶倫、張任濤等合編《時代風景》。一九三二至三七年間在香港《南強日報・鐵塔》、《南華日報・勁草》、《紅豆》、《今日詩歌》、《南風》、北平《水星》等刊物發表詩作、譯詩、小說。三七年在港病逝，生前編訂詩集《我是一個支那人》未及出版。

倫　冠

本名譚浪英，另有筆名浪英。曾就讀於上海復旦大學，三〇年代初來港，主編《天南日報》副刊「海鷗」，在《南華日報・勁草》、《今日詩歌》、《時代風景》等刊物發表詩作及小說。

張　弓（？-1986）

本名張一鴻，廣東中山人，三〇年代在《南華日報・勁草》、《南強日報・鐵塔》、《今日詩歌》、《紅豆》、《文藝陣地》等刊物發表詩作，三四年與李育中等創辦《詩頁》，同年參加由《南華日報》發表的文藝茶話會。戰後曾在廣州從事新聞工作，來港後在華潤公司任職。

劉火子（1911-1990）

本名劉培燊，曾用筆名火子、劉寧、劉朗等，廣東台山人，香港出生。一九二三年曾入讀廣州第三小學，二六年回港，二九年就讀於香港華胄英文書院夜校，一九三三年至三七年間先後在香港數間中、小學任教。一九三四年與戴隱郎等組織「同社」，創辦《今日詩歌》，並任主編，三六年與李育中、杜格靈、王少陵等發起成立「香港文藝協會」，同年與友人創設「香港新生兒童學園」，三八年任香港《大眾日報》記者，此後一直從事新聞工作。四二至四六年間，先後在韶關、桂林、重慶、上海等地報社工作，四七年回港任職於《新生晚報》，四八年參與香港《文匯報》的創辦，五〇年接任《文匯報》總編輯，五一年離港赴滬，任職於上海《文匯報》。三、四〇年代在香港《南華日報．勁草》、《今日詩歌》、《時代文學》、《星島日報・星座》、《大公報・文藝》、《華僑日報・文藝》；上海《文叢》、《烽火》、《文藝復興》、桂林《詩創作》、重慶《詩文學》等刊物發表詩作及評論。

隱　郎（1907-1985）

又名戴隱郎、戴英浪、亦曾使用戴逸浪、戴旭峰、殷沫、馬康、疾流等名。吉隆坡出生，原籍廣東惠州，在怡保南洋美術研究所學習美術，也當過報紙編輯和美術教員。曾在上海藝術大學攻讀，後轉上海藝術專科學校。三〇年代居港，曾任教於南粵中學，三四年與劉火子等創辦《今日詩歌》，在香港《南華日報．勁草》、《今日詩歌》、《時代風景》等刊物發表詩作和評論，一九三七年在南洋參加華僑各界抗敵後援會，擔任總務，並主編《南洋商報》副刊「獅聲」。除文學以外，戴隱郎亦以戴英浪為名發表美術作品，為著名木刻及水彩畫家，三五年在香港與溫濤、劉火子組織「深刻木刻社」（一說「深刻版畫研究社」），四七年八月，應台灣第二屆全省美展邀請赴台交流，曾擔任台北師範學校圖畫、手工藝課教師，四八年在台灣參加第十一屆臺陽美展，同年底離台赴香港。七〇年代後期在浙江美術學院任教。

吳慈風

生平資料不詳。一九三四至三五年間在香港《南華日報・勁草》發表新詩。

張任濤（1907-1971）

本名張世田，另名章欣潮、張建南。廣東大埔人。曾就讀於香港華仁書院，一九三〇年代任《華僑日報》記者，一九三五年參與創辦《時代風景》，一九三六年與杜格靈、劉火子、侶倫等成立香港文藝協會。一九三八年加入中國共產黨，曾於延安、長春等地工作，在山東《大眾日報》、《長春新報》、《吉林日報》等任記者、編輯、總編緝及社長。一九五三年派返香港，擔任香港中國新聞社副社長，一九五六年任香港中國通訊社（中通社）首任社長，一九六三年調派北京工作。

徐　遲（1914-1996）

浙江吳興人，筆名龍八、史綱、唐琅。一九三一年考入蘇州東吳大學文學院，一九三三年開始發表文學創作，三六年與戴望舒、路易士、卞之琳等在上海創辦《新詩》月刊。一九三八年五月從上海來港，三九年與戴望舒、葉君健等主編英文《中國作家》，四〇年任文協香港分會理事，三九至四一年間擔任文協香港分會所屬文藝通訊部的導師。三、四〇年代在香港《南華日報·勁草》、《星島日報·星座》、《華商報》、《大公報·文藝》、《頂點》等刊物發表詩作、譯詩、散文、小說及評論。一九四二年初離開香港，四九年任英文《人民中國》編輯，一九五七年至六一年任《詩刊》副主編。曾任文聯委員、作協理事等職。

柳木下（1914-1998）

本名劉慕霞，廣東興寧人，筆名馬御風、慕霞、穆夏等。一九三三年在香港《紅豆》發表詩作，同年在廣州中山大學文學院當旁聽生，三〇年代曾在上海和廣州生活，三七至四〇年間居港，一九四〇年秋天因精神病被送入高街精神病院，同年返回梅縣鄉下，四一年夏天返回香港，同年秋天轉赴上海工作，一九四八年再度來港。四九年與黃慶雲、胡明樹等在香港《新兒童》聯署〈一九四九年兒童節日兒童文化工作者宣言〉。三、四〇年代在香港《紅豆》、《星島日報・星座》、《國民日報・文萃》、《大公報・文藝》、《華僑日報・文藝》等刊物發表詩作、譯詩、散文、評論。

侶　倫（1911-1988）

本名李林風，廣東惠陽人，筆名林風、林下風、貝茜、李霖等。一九二九年在香港與謝晨光組織島上社，出版《島上》雜誌。一九三一年任香港體育協進會書記，並在《南華日報》擔任編輯工作，曾主編文藝副刊「新地」和「勁草」，三五年與易椿年、張任濤等合編《時代風景》，三六年與劉火子、李育中、杜格靈等組織「香港文藝協會」。一九三八年任職於香港南洋影片公司，曾擔任編劇及宣傳工作，編撰多種電影劇本。四六年主編《華僑日報・文藝周刊》，五五年創辦采風通訊社。三、四〇年代在香港《大光報》、《紅豆》、《南華日報・勁草》、《華僑日報・文藝周刊》等刊物發表詩作。

何涅江

生平資料不詳。一九三八至四〇年在香港《立報・言林》、《文藝青年》等刊物發表新詩和散文。

袁水拍（1916-1982）

本名袁光楣，筆名馬凡陀，江蘇吳縣人。一九三五年就讀於上海滬江大學，三九年三月在香港出席中華全國文藝界抗敵協會香港分會成立大會，任《文協》周刊編輯委員，四〇年任文協香港分會理事，並於三九至四一年間擔任文協香港分會所屬文藝通訊部的導師。一九三九至四一年在香港《星島日報・星座》、《大公報・文藝》、《立報》、《頂點》詩刊等刊物發表詩作、散文、評論及譯詩。一九四一年到桂林，四四至四八年在上海任《新民報》、《大公報》編輯。一九四六至四九年在香港《華商報》、《星島日報・文藝》、《華僑日報・文藝》、《文匯報・文藝週刊》、《中國詩壇》發表詩作及譯詩。四九年後在《人民日報》文藝部工作，兼任《人民文學》、《詩刊》編委。

鷗外鷗（1911-1995）

本名李宗大，廣東東莞人，少年時居於香港跑馬地，十四歲離港赴廣州，至三〇年代再返香港，在香港《大地畫報》發表〈和平的礎石〉、〈禮拜日〉、〈文明人的天職〉等詩，一九三七年主編《詩群眾》月刊並任《中國詩壇》編委，三八年在香港主編《中學知識》月刊，後任印刷廠總經理，三九年出席中華全國文藝界抗敵協會香港分會成立大會，四二年從香港前往桂林，任《詩》月刊編委，並任大地出版社編輯室主任。四六至四七年間在香港《新兒童》月刊發表〈蠶的流線型列車〉、〈被懲罰的射擊手〉等兒童詩。

林煥平（1911-2000）

廣東台山人，三〇年代初加入左聯，三三年赴日，曾任左聯東京支盟書記、左聯東京支盟機關刊物《東流》主編。抗戰爆發後來港，曾任文協香港分會理事。一九四七年再度來港，曾任南方學院院長、《文匯報》社論委員。五一年返回內地，先後擔任廣西大學中文系主任、廣西師院中文系主任等。三、四〇年代在香港《星島日報‧星座》、《立報‧言林》、《大公報‧文藝》、《天文台半週評論》、《大眾日報》、《時代批評》、《華商報》等刊物發表詩、散文、評論、譯作等，另著有《抗戰文藝評論集》、《茅盾在香港和桂林的文學成就》等書。

黃魯（1919-1951）

另有筆名黎明起、孔武，三〇年代中在廣州參加廣州藝術工作者協會（廣州藝協）詩歌組及廣州詩壇社的活動，其後廣州詩壇社改組為中國詩壇社，出版《中國詩壇》，黃魯也是當中的主要成員，稍後再和陳殘雲、黃寧嬰、鷗外鷗等合辦《詩場》，出版詩場叢書，著有詩集《赤道線上》。

抗戰期間，黃魯從廣州來港，在《星島日報‧星座》、《大公報‧文藝》、《國民日報‧文萃》、《華僑日報‧華嶽》發表詩作及散文，四一年後香港淪陷後留居香港，四二年一度遭日軍拘禁，後曾與戴望舒合營書店，四四年至四五年間在《華僑日報》副刊「文藝周刊」及《香島日報》副刊「日曜文藝」發表散文。戰後仍居香港，一九五〇年在《華僑日報》發表〈回憶望舒〉一文，五一年病逝。

馬蔭隱（1917-）

本名馬任寅，筆名火蒂士、薩克非、浪客，廣東台山人。一九三五年開始文學創作，一九三八年加入中國詩壇社，一九四〇年參加中華全國文藝界抗敵協會香港分會，一九四四年任教於嶺南大學，一九四八年與樓棲、黃寧嬰等在香港《華商報》聯署發表〈我們的話——

紀念詩人節〉。三、四〇年代在香港《大眾日報・大地》、《星島日報・星座》、《大公報・文藝》、《中國詩壇》、《立報・言林》、《華僑日報・文藝》、《華商報》等刊物發表詩作及評論，著有詩集《航》及《旗號》。四九年後在華南文聯文學部和出版部工作，一九六〇年後在廣州暨南大學中文系任教。

盧衡

生平資料不詳。十月詩社成員，一九三九至四一年間在香港《大眾日報・大地》、《國民日報・木刻與詩》等刊物發表詩作。

葉楓

生平資料不詳。一九三九至四一年間在香港《大眾日報・大地》、《立報・言林》、《星島日報・星座》及《文藝青年》等刊物發表新詩、散文和小説。一九四八年間參與香港文協「文藝通訊部」《新青年文學叢刊》之編輯工作，並參加「文藝通訊部」舉辦之「香港的一日」徵文而入選。

陳殘雲（1914-2002）

本名陳福才，廣州出生。一九三〇年從廣州來港工作，三五年考進私立廣州大學中文系，結識溫流、黃寧嬰、陳蘆荻等詩人，加入廣州藝術工作者協會（廣州藝協）詩歌組，參與《詩場》、《今日詩歌》、《廣州詩壇》等刊物的編務。一九三九年在香港參與中華全國文藝界抗敵協會香港分會（文協香港分會）的活動，並和黃寧嬰復刊《中國詩壇》。四〇年到桂林工作，四一曾返回香港，抗戰期間在粵北、桂林等地工作，四五年回廣州，與司馬文森合編《文藝生活》，四六年因《文藝生活》被查禁而再度來港，曾在香港香島中學任教，後任職於香港南國影業公司，撰寫電影劇本《珠江淚》。四八至四九年任文協香港分會理事。三、四〇年代在香港《大光報》、《星島日報．星座》、《大公報．文藝》、《文藝生活》、《中國詩壇》、《華商報》、《文匯報》、《香港學生》等刊物發表詩作、散文、小說及評論，一九五〇年回廣州，曾任華南文學藝術學院秘書長、廣東省文學藝術聯合會副主席、中國作家協會廣東分會副主席等職。

樓　棲（1912-1997）

本名鄒冠群，另有筆名樓西、寒光、白芷、黃廬、柳明、馬逸野等。廣東梅縣人。一九三〇年就讀於廣州中山大學預科師範部，後轉文學院社會系，三二年參加廣州文化總同盟的活動，三六年參與成立廣州藝術工作者協會。一九三七年來港，任教於香港華南中學，參加中華全國文藝界抗敵協會香港分會（文協香港分會），三九年任教於香港中華業餘學校，四一年在桂林《廣西日報》工作，四六年回港，任《人民報》副刊編輯，參加中國民主同盟，四七年任香港達德學院文史系教授。一九三六至四九年間，在香港《紅豆》、《大公報．文藝》、《星島日報．星座》、《華僑日報．文藝》、《中國詩壇》等刊物發表詩、散文、小說及評論。四九年後返中國內地工作，曾在廣州中山大學中文系任教。

黃寧嬰（1915-1979）

廣東台山人，筆名伊仲一、蕭衣、蕭雯、似雯。三四年就讀於廣州中山大學經濟系，三六年加入廣州藝術工作者協會詩歌組，參與《詩場》、《今日詩歌》、《廣州詩壇》及三份詩刊合併後的《中國詩壇》的出版工作，三九年從廣州來港，與陳殘雲、胡危舟等復刊因戰事而停頓的《中國詩壇》，四〇年轉赴桂林，戰後返廣州，四六年再度來港，四七年與新波、黃蒙田等成立人間書屋，四八至四九年間在港復刊《中國詩壇》，曾在香島中學任教，並擔任香港《華商報》影劇雙週刊編輯、文協香港分會理事、中國民主同盟廣東省支部委員、南方總支部委員等職。三、四〇年代在香港《星島日報・星座》、《華商報》、《中國詩壇》等刊物發表詩作。四九年後返內地工作，曾任廣州市文化局藝術科科長、廣東作協執委等、廣東粵劇學校副校長等職。

胡危舟（1910-1983）

浙江定海人，一九三〇年代在廣州從事詩歌創作，廣州淪陷之後到香港，與黃寧嬰、陳殘雲等復刊《中國詩壇》。一九三九年間在香港《立報・言林》發表新詩、散文和小說，其後到桂林，參與文協桂林分會的工作，並參與桂林《詩創作》的編務。

豹　變

生平資料不詳。一九三八至三九年間在香港《立報・言林》發表新詩。

陳善文（1921-1985）

又名陳貨，廣東潮州人。三九至四一年間參與文協香港分會所屬文藝通訊部（簡稱「文通」）的工作，並加入由文通舉辦第一期文藝講習班成員組成的「香港青年文藝研究社」。四〇至四一年間在在香港《大公報・文藝》發表詩作，其中〈苦撐著拼〉一詩被聞一多選入《現代詩抄》一書。四一年底返回內地參加抗日軍，曾任新四軍一師文工團團員和軍部《抗敵報》、《淮海日報》的戰地記者。四八年在大連任光華書店的編輯和《學習》雜誌主編，五、六〇年代從事新聞工作及報告文學寫作。曾任作協廣東分會文學院副主任。

彭耀芬（1923-1942〔？〕）

廣東東莞人，三九至四一年間參與中華全國文藝界抗敵協會香港分會所屬的文藝通訊部（簡稱「文通」）的工作，曾任理事，並籌辦該會機關刊物《文藝青年》半月刊，同時在《國民日報‧青年作家》、《星島日報‧星座》、《大公報‧文藝》、《文藝青年》等刊物發表新詩。一九四一年三月，在新加坡發表的詩作〈香港百年祭〉，被指「犯有不利本港之文字嫌疑」，於四月二十三日被港府逮捕，至五月下旬遞解出境。先抵澳門，日軍侵佔香港後，返回新界參加東江游擊隊港九大隊，不久病逝於新界紅石門工作崗位上。

周　為（1915-1997）

本名陳凡，字百庸，另有筆名夏初臨、阿甲、南鄙人等，廣東三水人。抗戰期間曾參加廣西學生軍一年，並於桂東南辦油印《曙光報》。一九三九至四四年先後任桂林國際新聞社記者、《大公報》記者、《詩》月刊編輯。

一九三九至四九年間在香港《星島日報‧星座》、《大公報‧文藝》、《華僑日報‧文藝》等刊物發表詩作、散文、小説、評論。戰後在香港《大公報》工作。

梁儼然（1917-）

本名梁松生，廣東鶴山人，生於廣州，戰前曾居香港，任職記者，四〇年代初與馮明之、陳子殷等創辦十月詩社，一九四〇至四一年間在香港《國民日報‧木刻與詩》及《國民日報‧詩刊》發表詩作，另有新詩收錄在一九四一年由詩學研究社出版的《中華民國詩三百首》。戰後在廣州《中國日報》、《廣州日報》工作，並從事粵劇研究及舊詩創作。曾任廣東省楹聯學會副會長、廣東省粵劇八和聯誼會藝術顧問。

梁月清

生平資料不詳。十月詩社成員，一九三九至四一年間在香港《國民日報・木刻與詩》發表詩作。

亮暉

另名譚亮暉，一九三九至四一年間在香港《國民日報・木刻與詩》、《國民日報・詩刊》發表詩作。一九三九年八月參加由文協香港分會所屬「文藝通訊部」舉辦的「八月文藝通訊競賽」入選。曾任職於廣州《中山日報》。一九四六年在廣州成立「重慶世界語函授學社廣州分社」，並參與廣州世界語學會的復會工作。

楊剛（1909-1957）

湖北沔陽人，本名楊季徵，後名楊繽。一九三二年畢業於燕京大學，曾參加上海左聯。一九三八至四一年在香港主編《大公報・文藝》，四〇年任文協香港分會理事，三九至四一年間擔任文協香港分會所屬文藝通訊部的導師。三八至四一年在香港《星島日報・星座》、《大公報・文藝》、《文藝青年》、《華商報・熱風》等刊物發表詩作、散文、小說、評論，並參與四〇年末的「反新式風花雪月」論戰。四二年至桂林，任桂林《大公報・文藝》主編及文協桂林分會理事，四三年到重慶，四四年以《大公報》特派記者身份赴美國，在哈佛大學進修，四八年秋回國，先抵香港，《大公報》工作，四九年返內地，五五年任《人民日報》副總編輯。

黃藥眠（1903-1987）

本名黃訪、黃恍，廣東梅縣人。一九二七年在上海創造社出版部工作，並在《創造周報》、《流沙》發表文章。一九二九年在莫斯科共產國際工作，一九三三年返回上海。一九四一年來港，在八路軍駐港辦事處擔任國際抗日宣傳工作，四二年返回內地。四六年再來港，與陳其瑗等在香港成立達德學院，任國文班主任。四七年與陳殘雲、胡明樹等在香港《華商報》聯署〈一九四七年詩人節宣言〉，四八至四九年曾任中華全國文藝協會香港分會理事。四〇年代在香港《華商報》、《大公報‧文藝》、《星島日報‧星座》、《小說月刊》、《文匯報‧文藝週刊》、《中國詩壇》等刊物發表詩作、評論等。一九四九年到北京，任北京師範大學教授。

淵　魚

生平資料不詳。一九四一年在《華商報》發表〈保衛這寶石！〉、〈起來！〉等詩。

李志文

生平資料不詳。一九四〇至一九四五年間在香港《南華日報》副刊發表散文、新詩和文學評論。

戴望舒（1905-1950）

江蘇南京人，杭州出生，筆名戴夢鷗、信芳、望舒、郎芳、江近思、艾生、陳御月、艾昂甫、苗秀、陳藝圃、張白銜、達士等。一九二三年考入上海大學中文系，二五年轉入震旦大學，二六年與施蟄存、杜衡合編《瓔珞》、二八年與施蟄存等合編《文學工場》、二九年與施蟄存、劉吶鷗、徐霞村合編《新文藝》。三二年赴法國留學，三五年回國，三六年與徐遲、路易士、卞之琳等在上海創辦《新詩》月刊。三八年自上海來港，擔任《星島日報・星座》主編，三九年任文協香港分會幹事，並任中國文化協進會理事，同年與艾青合編《頂點》詩刊，四一年在《星島日報》創設「俗文學」周刊。四二年被日軍逮捕，四四至四五年間先後擔任《華僑日報・文藝週刊》、《香港日報・香港文藝》、《香島日報・日曜文藝》的編輯工作。戰後主編《新生日報・新語》。三、四〇年代在香港《星島日報・星座》、《頂點》詩刊、《星島日報・文藝》、《香島日報・日曜文藝》、《新生日報・新語》、《華僑日報・文藝週刊》、《大眾日報》、《華僑晚報》等刊物發表詩作、小說、散文及翻譯等。四六年返回上海，四八年夏來港，四九年離港赴北京工作。

羅玄囿

生平資料不詳。一九四〇至一九四五年間在香港《南華日報》副刊發表散文和新詩。

陳　實（1921-2013）

本名陳寶，廣東海豐人。1921 年生於廣州，中學畢業後從事教育工作。二戰期間參加桂林及昆明英軍服務團，擔任日語及英文翻譯。抗戰勝利後定居香港，先後在新聞界和港府部門從事翻譯工作。戰後與黃新波、陸無涯、黃蒙田等在香港創辦人間畫會和人間書屋，作品包括新詩、散文及外國文學翻譯。

嚴杰人（1922—1946）

本名嚴愛邦，廣西賓陽大橋鄉長江村人。一九三五年考入廣西省立賓陽初級中學，曾組織「奮流文學研究會」，研討文學問題，出版壁報。其創作多篇在當時《廣西日報》副刊發表。一九三九年任《廣西日報》內勤記者，結識范長江、周鋼鳴、盧荻等作家，參加中華全國文藝界抗敵協會。一九四〇年開始參加中共地下黨活動。抗戰勝利後香港，曾任《華商報》文藝副刊編輯。一九四六年自香港赴澳門回廣東隨中國人民解放軍東江縱隊北上山東煙台解放區，兩月後因病逝世。

符公望（1911-1977）

本名龐岳，廣東南海人，戰後在香港參與「中國新詩歌工作者協會」的活動，與馮乃超等組成「方言詩歌工作組」。一九四七年參加文協香港分會「方言文學研究會」，同年與黃藥眠、陳殘雲、黃寧嬰等在香港《華商報》聯署〈一九四七年詩人節宣言〉。戰後在香港《華商報》、《方言文學》、《野草》等刊物發表詩作。除了新詩之外，在港期間亦積極參與戲劇工作，一九四六年參加「中原劇藝社」，四八年參與由建國劇藝社、中原劇藝社及新音樂社聯合公演的《白毛女》的演出，擔任演員之一。

杜埃（1914-1993）

本名曹家裕、曹傳美，筆名杜洛、杜鵑等。廣東大浦人。一九三三年入讀廣州中山大學，同年參加廣州左聯，一九三六年加入中國共產黨。一九三七年由中共派到香港工作，曾任香港南方書院教師，為《大眾日報》撰寫社論和主編文藝副刊。曾任中共香港市委宣傳部代部長，《華商報》副總編輯等。1949年後歷任《南方日報》副總編輯，華南局宣傳部編審處處長，廣東省委候補委員、委員，廣東省委宣傳部副部長及省文聯第一副主席、名譽主席，中國作協廣東分會副主席，中國作協第三、四屆理事，中國文聯第三、四屆委員，廣東省政協常委兼文化組長。

金帆（1916-2006）

本名羅國仁，筆名克鋒，廣東興寧人。一九三七年參加中國詩壇社，一九四〇年畢業於廣州軍醫學校，抗戰期間參加東江縱隊，戰後來港，曾任香港香島中學、達德學院校醫，並在《中國詩壇》、《華商報》、《大公報·文藝》、《新兒童》等刊物發表詩文，一九四六年與呂劍、蘆荻等籌組「中國詩歌藝術工作社」，一九四七年與黃藥眠、陳殘雲等在香港《華商報》聯署〈一九四七年詩人節宣言〉，四九年與黃慶雲、胡明樹等在香港《新兒童》聯署〈一九四九年兒童節日兒童文化工作者宣言〉。一九四九年加入中國共產黨，一九五一年起在北京中央樂團工作。

盧　璟（1928-1996）

本名俞百巍，抗戰期間就讀於福建協和大學西語系，抗戰勝利後因參加由中共領導的學生運動而離開學校，一九四七年夏天到香港，經轉介入讀達德學院文哲系，在港期間曾以不同筆名在《華商報》和《群眾》等刊物發表文章，一九四八年五月返回內地，曾任中共江西工委南昌特派員及南昌特委書記等職，四九年後曾任貴州省文化局副局長，也從事舊詩創作和貴州地方戲曲的研究。

犁　青（1933-）

原籍福建安溪，一九四五年任廈門《中央日報》「詩葉」副刊助理編輯，四六年逃亡至上海，四七、四八年間參加新詩歌社及香港文協文藝通訊部，並任「文通」詩歌組長，五〇年代居於印尼，八〇年代定居香港。著有《犁青的詩》、《犁青山水》及《科索沃，血色的春天》等。

沙　鷗（1922-1994）

本名王世達，四川重慶市人。一九四四年與王亞平、柳倩等組織春草社。四六在上海與薛汕等合編《新詩歌》，四七年到香港，參與《新詩歌》在港的復刊工作，並任文協屬下青年組織「文通」的顧問，在香港《文藝生活》、《中國詩壇》、《新詩歌》等刊物發表詩作及評論，四八年出版詩集《百醜圖》，同年返回內地。

黃　雨（1916-1991）

本名黃遺，筆名丁東父，廣東澄海人。一九三七年參加汕頭青年抗日同志會，同年加入中國共產黨。一九四七年來港，曾任教於香島中學及中亞學院。一九四七年參加中華全國文藝協會香港分會「方言文學研究會」，四〇年代在香港《華商報》、《華僑日報・文藝》、《文匯報・文藝週刊》、《中國詩壇》等刊物發表詩作。一九四九年後回廣州，歷任華南人民文學藝術學院講師、《廣東文藝》執行編輯和中國作協廣州分會評論委員會會員等職。

王巨儒

生平資料不詳。一九四八年間在香港《華僑日報》發表新詩。

胡明樹（1914-1977）

廣西桂平人，本名徐善源，徐力衡、陳姆生。早年就讀於廣州中山大學附中，一九三四年赴日本東京法政大學讀文學。一九三七年回國，三八年至桂林，加入文協桂林分會，編輯《詩》月刊，參加抗日文藝活動。抗戰勝利後來港，在黃慶雲主編的《新兒童》半月刊發表大量兒童文學及翻譯故事，並任《華僑日報・兒童週刊》執行編輯。一九四七年與黃藥眠、陳殘雲等在香港《華商報》聯署〈一九四七年詩人節宣言〉，四九年與黃慶雲、黃寧嬰、柳木下、金帆等在香港《新兒童》半月刊聯署〈一九四九年兒童節日兒童文化工作者宣言〉。三、四〇年代在香港《星島日報・星座》、《中國詩壇》、《文匯報・文藝週刊》、《大公報・文藝》、《新兒童》等刊物發表詩作。四九年後返回內地，曾在廣西文聯、廣西第二圖書館工作。

何達（1915-1994）

本名何孝達，福建閩侯人，筆名洛美、高瀾、尚京、林千峰、葉千山、夏尚早、陶最、陶融等。抗戰期間參與學生運動及詩朗誦運動，一九四二年考入西南聯合大學，四四年與同學組織聯大文藝社和新詩社，四六年轉入北京清華大學社會學系，四九年到香港。三、四〇年代在武漢《武漢日報》；北京《清華周刊》、《北大周刊》、《燕京新聞》；香港《文匯報・文藝周刊》、《大公報・文藝》、《中國詩壇》等刊物發表詩作。

《香港文學大系一九一九—一九四九》編輯委員會鳴謝
以下人士及單位，資助本計劃之研究及編纂經費：

李律仁先生

•

香港藝術發展局

香港藝術發展局
Hong Kong Arts Development Council

藝發局邀約計劃
香港藝術發展局全力支持藝術表達自由，
本計劃內容並不反映本局意見。

•

香港教育學院 中國文學文化研究中心

The Hong Kong Institute of Education
香港教育學院

中國文學文化研究中心